Gaea

GAEA

特殊傳說 II

恆遠之書篇 04

護玄——著

特殊傳說 II
恆遠之晝篇 04

目錄

特殊傳說 II

THE UNIQUE LEGEND

恆遠之書篇

登場人物介紹

Atlantis 學院

姓名：褚冥漾（漾漾）
年級/班別：高中二年級/C部
性別：男
袍級/種族：無/人類（妖師）
個性：非常普通的男高中生，個性有點怯懦，不太敢與人互動。

姓名：冰炎（學長）
性別：男
袍級/種族：黑袍/燄之谷與冰牙族後裔
個性：脾氣暴躁、眼神銳利。不過是標準刀子口豆腐心的好人～
目前狀況：沉睡中

姓名：米可蕥（喵喵）
年級/班別：高中二年級/C部
性別：女
袍級/種族：藍袍/鳳凰族
個性：個性爽朗、不拘小節，喜歡熱鬧。非常喜歡冰炎學長！

姓名：雪野千冬歲
年級/班別：高中二年級/C部
性別：男
袍級/種族：紅袍/？
個性：有點自傲，知識豐富像座小型圖書館；討厭流氓！兄控!?

登場人物介紹

Atlantis 學院

姓名：西瑞．羅耶伊亞（五色雞頭）
年級/班別：高中二年級/C部
性別：男
袍級/種族：無/獸王族
個性：個性爽朗、自我中心。出身於暗殺家族，打扮像台客。

姓名：萊恩．史凱爾
年級/班別：高中二年級/C部
性別：男
袍級/種族：白袍/人類
個性：個性隨意，存在感低、經常超自然消失在人前，執著於飯糰！

姓名：藥師寺夏碎
性別：男
袍級/種族：紫袍/人類
個性：個性淡泊，不喜過多交談，是個溫柔的好哥哥。
目前狀況：從醫療班逃跑中

姓名：席雷．阿斯利安（阿利）
年級：大學一年級
性別：男
袍級/種族：紫袍/狩人
個性：友善隨和，善於引領他人。

姓名：靈芝草（好補學弟）
年級/班別：高中一年級/C部
性別：男
種族：人參
個性：初入世界，所以很容易受到驚嚇，但是在奇怪的地方也有小聰明。

姓名：哈維恩
年級/班別：聯研部　第二年
種族：夜妖精
個性：種族自帶暗黑的陰險反骨天性，但對於認定的事物相當忠誠、負責。
平日也很認真在學習上。

登場人物介紹

其他

姓名：式青（色馬）
性別：男
種族：傳說中的幻獸．獨角獸
特色：能化為獸形或是人形
個性：只要美人希望我怎樣我就怎樣～

姓名：休狄．辛德森（摔倒王子）
種族身分：奇歐妖精族的王子
性別：男
袍級：黑袍
個性：看重血脈、家族、榮譽，厭惡隨便打交道。

姓名：九瀾．羅耶伊亞（黑色仙人掌）
身分：醫療班，鳳凰族首領左右手
性別：男
袍級：黑袍、藍袍（雙袍級）
個性：科科科科科……

姓名：黑山君
身分：時間之流與冥府交際處的主人
種族：不明
個性：不太有情緒起伏，性格相當謹慎細膩，偶爾會很正經地捉弄訪客。
特別說明：喜歡好吃的東西。

姓名：白川主
身分：時間之流與冥府交際處的主人
種族：不明
個性：看似大而化之、易相處，但心中自有衡量，很多事情都看在心中。
特別說明：喜歡會飛的東西，例如白蟻（？）

姓名：褚冥玥
身分：大二生，漾漾的姊姊
性別：女
袍級/種族：紫袍/人類（妖師）
個性：直率強硬，很有個性的冷冽美女。異性緣爆好！

登場人物介紹

其他

姓名：重柳族
身分：？
種族：時族
個性：非常正經認真、死守種族任務，但思考並不僵化、能溝通。

姓名：安地爾
身分：耶呂鬼王高手
種族：似乎是鬼族（？）
個性：四分的無聊、四分的純粹惡意、一分的塵封友情、零點五的善意、零點三的不明狀態、零點一的退休狀態、零點一的觀光。
特別說明：最近都在泡咖啡。

第一話　夜間

深夜時刻，奇歐妖精們的行宮庭院幾乎靜寂無聲。

與早先的騷動不同，現在所有人聲退去，這座庭院再度恢復原先的安靜，一花一木隨著深夜的風輕輕擺動，散出不明的細小光點。先前乍看只覺得庭院布置得耐看漂亮，不過靜下心來，會發現這些花草樹木皆按照一定的原則栽植，不知道他們怎麼做的，總之高矮分布與配色都讓人相當舒服，看著看著莫名覺得雜亂的情緒都被牽引著放鬆了下來。

我坐在走廊邊，腦袋放空地盯著奇歐妖精搭建出來的景色。說實在話，即使奇歐妖精在執法上似乎出了名地嚴格，但在這方面還是保有著妖精們特有的藝術感。

每拜訪一個地方，都可以很深刻感覺到種族或部落間屬於各自族群的強烈特色……那些已經被現代水泥都市遺忘的原始美好。

「睡不著嗎？」

我轉過頭，看見阿斯利安走出來，身上披著件寬鬆的深色外衣，質料有些高級，在夜間燈光照射下隱約閃爍著微光，與他平常的帥氣穿著不太一樣，看起來充滿了溫文高雅的氣質，估計是奇歐妖精送過來的日用品。

因為身處在王族住處，守衛森嚴，還特別加強看守，防止公會闖入逮人，便不用像在外頭得輪流守夜。一整天鬧下來每個人都感受到一定程度的疲憊，大部分人早早已準備休息，連哈維恩都被我命令要三秒內熟睡不能隨便起床。

雖然他真的三秒內閉上眼睛外加打呼，不過我覺得一切都是演技。

「也沒有，就是想出來坐一下。」我反射性想站起身，立即被阿斯利安制止，他很率性地隨意在旁邊坐下，還順手拿出個保溫瓶遞給我。

「這幾天真的發生很多事情呢，會想暫時獨自靜靜也是正常的。」阿斯利安勾起微笑，視線轉向花園，「第一次和我哥來行宮的時候，我同樣特別喜歡晚上在這裡坐坐，那時候年紀不大沒想太多，只覺得這裡很能讓人靜下心，坐著很舒服。」

其實我是在思考加入恐怖組織的大黑小雞的事情。

在襲擊夏碎學長、被哈維恩制伏後，那名夜妖精整隻被綑住，由萊恩等人送交公會，讓公會能夠進一步採取應對黑暗同盟的行動。只是，當所有事情看似被妥善處理、閒靜下來後，我隱約覺得有點不妥，那種奇怪的感覺不知該怎麼形容……我發現自己好像並沒有那麼想要把恐怖小雞交給公會。

雖然我知道公會不會把人五馬分屍——等等！他們搞不好會！我放心得太早了！

根據我對公會的了解，他們恐怕會把人分屍完再接回去，接著繼續分屍，接著又接回去，重複循環。

糟糕！居然沒想到！

「我想，每個族群會有自己的首領，是因為很多重大事情一般人無法決定，且人多想法雜，才必須在集結了許多意見並統整之後，經由首領代表交涉來爭取最有利於族群的結果。」阿斯利安仍是帶著溫和的笑容，用閒談般的語氣，輕輕鬆鬆地說著：「所以，很多事情，就交給首領代表來做吧。」

「……」

想想也是，就算然到現在都還沒回我電話，他們應該也有自己的想法了吧，反正他們腦袋一直比我好很多，要解決夜妖精加入恐怖組織的事情，肯定有許多我想不出來的方式。無論如何，都會比我腦殘在那邊瞎攪和得好。

打開保溫瓶，隨之飄出的是清香的茶氣，是股讓人能瞬間放鬆的舒服味道，有些類似香草氣味而不是花香那種甜膩。不知不覺我嘆了氣，下一秒才想起旁邊還有人，轉過頭，發現阿斯利安根本沒往我這裡看，而是側過身體輕撫著靠在他腳邊的小飛狼。

飛狼溫馴地打了個哈欠露出牠的小獠牙，舔舔嘴巴後乖巧地趴下，半瞇起眼睛享受主人的觸碰。

一口一口慢慢喝著溫熱的茶湯，我們兩個就這樣沉默地各自坐著，也不覺得有什麼奇怪之處，很自然地讓時間緩慢流逝。

就在我開始有點睡意時，阿斯利安停下手邊的動作，抬起頭，臉上突然出現一抹我不知該怎麼形容的笑，接著他慢條斯理地站起身，我也連忙跟著從地上爬起。

這次沒有被制止。

「比我預計的快。」阿斯利安朝我眨眨眼，有點惡作劇的味道。

還沒問他什麼快，一股帶著風壓的力量感在附近轉繞出來，接著是道黑影直接出現在我們面前，速度非常之快，根本來不及看清楚。

如果這是在實戰，搞不好就這樣被敵人喀嚓了。因爲最近遇到太多事情，我幾乎反射性緊繃起來，不過等對方站定後，立刻又鬆懈下來。

出現在阿斯利安面前的是名黑袍，更準確地說，黑袍是他哥，而且臉色相當不好看。

當一名臉色不好看的黑袍出現時，有時候代表接下來五分鐘內可能會引起某程度的大屠殺，還不如遇到臉色不好的敵人算了。

不過幸好這名臉色不好的黑袍是個性比較好的狩人。

「戴洛。」

那個凶手弟弟一派優閒自然地朝受害者打招呼。

「你眞是……」神色稍微緩下來的戴洛有點無奈，張了張口沒說什麼，只抬起手往自家兄弟肩膀上不輕不重地拍下去，「沒事就好。」

「嗯。」阿斯利安依然微笑，回答得很簡潔。

這畫面看起來還眞有點兄弟打鬧的感覺，不同於平常從容自在的態度，阿斯利安現在的樣子看起來有點頑皮和放鬆，和人前不太一樣，感覺親近很多。

如果說平常他給人的感覺是很可靠的鄰家大哥，現在的感覺就是會往你腦後砸一坨屎的親兄弟——他砸的對象眞的是他親哥哥就是了。

「還有，以後不准再設古代大術算計黑袍。」戴洛補上這句，顯然對被襲擊的事情很有陰影，「你那些朋友全逃走了。我不會去追獵他們，請轉告他們放心。」

「因爲對象是你，我可是花了不少工夫。」完全沒有反省意思的阿斯利安聳聳肩，偏著頭，勾起狡詰的笑容：「爲了這一天，我們可是花了三年多才把完整的古代龍族大術製作完畢呢，可惜用完這次就得再重頭來過。不過也沒關係，那原本就是針對你而設計，要應用在別人身上還沒辦法，正好繼續改良。」

爲了殘害自己的哥哥花三年做法術也算是某種意義上的堅持了。

我看著阿斯利安，再次覺得紫袍切開可能都是黑的。是說，他到底爲什麼會想要花這麼長的時間暗算自己的哥哥？眞讓人不明白啊！

「……」戴洛看著不受教的弟弟，只能嘆息。

「所以是你自己出來的？」阿斯利安眨眨眼睛，露出了好奇的表情，「怎麼破解？」

「雖然你找的幫手都非常厲害，但是龍族大術畢竟不是隨隨便便就能驅使的術法，我一找到破綻處就掙脫出來，但相對也耗費很多力量，詳細的破解方式回去再告訴你。」戴洛有點沒轍地說著，再度抬起手，用力揉揉阿斯利安的頭頂，「再一次，我會生氣。」

原來這樣都還不會生氣嗎？

我敬佩地看著戴洛老兄，如果我有個弟弟叫人開車撞我，還把我拖進古代大術關禁閉，我出關之後肯定第一個揍的就是他，還要打得連他媽都認不出來，個人才沒有如此開闊的胸襟去原諒弟弟。

但顯然戴洛的肚子不只可以撐船，還可以撐航空母艦了。

「你怎麼來了？」

聽見第四個聲音，我們幾乎同時回過頭，看見摔倒王子冷著張臉走出來，還用「你是多餘存在」的那種眼神往我掃了一眼。

眼前這狀況，我是絕對不可能自體消失的啊！所以我決定無視摔倒王子的眼神，硬著頭皮繼續在原地當路人裝飾品。

「我怎麼可能不來。」戴洛勾起唇，做出無奈的表情看了看阿斯利安，繼續說道：「無法待太久倒是真的，看到你們都平安就好了。」

摔倒王子點點頭，沒說什麼。不過一邊的我可以看得出來，摔倒王子似乎變得比較柔和一些，就和阿斯利安一樣，沒有平日那麼緊繃嚴肅。

「戴洛明天就會回去了，他還有事情要忙。」阿斯利安說道。

「你也知道別人有事要忙。」戴洛很無言地嘆息，又嘮叨了幾句阿利的惡作劇有點過火，接著才轉向摔倒王子，「我還有件事情。來的路上聽到一些消息，你的行蹤已經被確認在這裡了，所以……」

「我知道。」摔倒王子再次擺出臭臉，原本稍微放鬆的狀態立刻警戒起來，「隨便他們，總之不會有第二種下場。」

阿斯利安好像想說什麼，不過我看他把話吞回去，臉上的表情也沒有剛才和他哥抬槓時那麼頑皮了，似乎是在擔心著什麼。

這有點罕見，我看他們拆人家禁地都不擔心，現在阿斯利安明顯在擔憂關於摔倒王子的某些事情，會是連黑袍都覺很棘手的問題嗎？

他們並沒有明說，所以一直到我找藉口逃跑之前，我都沒聽懂。

※

「爲何你還不休息。」

離開庭院才走沒幾步，我就在走廊另一端被哈維恩堵個正著，而且他看起來已經在這裡蹲點很久，完全無視我讓他睡死的命令。

這黑小雞還眞是只挑自己想要聽的命令執行我說。

不過他說的沒錯，我確實還不太想休息。

這幾天亂七八糟，現在可以安穩睡個覺，按照以往的經驗我應該要早早躺下整個睡死，可是到現在我還在外面走來走去，搞不清楚自己是怎樣。

「如果您不介意，或許我可以幫上點什麼。」

不知道是不是深夜的關係，我總覺得哈維恩看起來有點奇怪。雖然走廊點滿了照明的燈火，但他看起來就像一道影子，和天生膚色無關，真的就是那種幾乎感覺不到氣息的黑影，但是又隨行在側，想拿下人的生命貌似只是眨眼瞬間的事情。

突然意識到這點，我稍微有點毛，這才想起來哈維恩本來就不是吃素的傢伙，甚至還是黑色種族，在不久之前我們壓根不認識，是不是對他太過於放心？

「沉默森林絕對臣服於妖師一族，對於我們而言，這是更勝於生命的榮耀，您大可不必有所戒心。」似乎看穿我瞬間猶豫的哈維恩淡淡說道：「我只會選擇對妖師一族有利的方向，在這點上，希望你能夠對我有更多的信任。」

「……你覺得然……族長會怎麼處理那個夜妖精的事情？」我想，我還是很疑惑被送去公會的那隻恐怖小雞。

「您想聽真話嗎？」哈維恩面色不改地反問我這句。

「說吧。」我是真的想知道。

哈維恩看著我，然後開口：「如果沒意外的話，現在公會的人應該只能在牢房裡看見我族兄弟的屍體。」

「！」

似乎預料到我的反應，哈維恩先一步擋下我要轉身去旁邊打電話的動作，繼續說著：「渡鴉口兄弟危害到妖師一族的存續，早已沒有資格繼續存留，送至公會也僅會牽連更多渡鴉口的同胞，不用妖師下令，我等夜妖精絕不容許他繼續存在。」

「可是我不是因爲……」並不是想要他死才送到公會啊！

我以爲只是送去公會，然後讓公會來審問黑暗同盟的事情，順便遏止那些煩死人的手段就差不多了，之後然會代表妖師一族處理那隻恐怖小雞……但是我沒想到他們會直接滅了那個夜妖精。

所以是我害死他？

「這與您無關，黑暗種族原本就是這樣，對我等有威脅的事物一律以最快的速度根除，即使是我們最親近的人亦相同。」哈維恩凝視著我，一字一句清清楚楚地告訴我：「現在是白色種族的時代，我們爲了將很多事物延續下去，必定得採取在你眼中看起來很殘酷的手段，否則那些正義人士遲早會再威脅我們所侍奉的信仰與僅存的血脈。夜妖精是如此，妖師一族也是如此，只是您長久以來都被保護著，一直沒有看見這些罷了。我很清楚明白我在做什麼，前去刺殺渡鴉口兄弟的同胞也是，甚至妖師一族的首領也如此……我會協助您慢慢釐清，但您也必須學會理解和接受你早就應該明白的世界。」

「……」

「有些事情，您身邊的人希望用時間讓你慢慢明白，但我也有所私心，我希望我選擇的主人可以成爲承擔他該有責任之人，這就是我現在老實告訴您那位渡鴉口兄弟下場的原因。諸如此類的事，往後只會多不會少，下一次我也不會在您面前停手，我會直接斬下叛徒的頭顱，拔除所有威脅到妖師的任何事物，確保妖師一族的安全。」說著，哈維恩慢慢在我面前單膝跪下，接著抬起頭，目光專注地看著我，「我等待您能眞正成爲我的主人的那一日，您能嗎？」

我能嗎？

我完全無法回答哈維恩的詢問，就算他只是想要一個字或兩個字。

同時我也發現我到現在還睡不著的原因——在某些部分，我已經確認我和喵喵他們是不一樣種族的人，我其實眞的不想把夜妖精交給公會，爲了這件事情在後悔著。如果是以前，我肯定什麼也不想，覺得交出去是理所當然的。

但是我注意到，現在的我不想把「黑暗種族」交到「白色種族」的手上。

好像內心有某種聲音一直在提醒我，我們和他們是不一樣的，而且這道聲音越來越大，似乎正在慢慢啃食我原本信任公會會妥善處置的想法。

「你不用現在給予答案。」

我還在一片混亂，哈維恩已先出聲，然後逕自站起，淡淡地說道：「如果你很隨便地想出結論，還不如不要給。我可以等待，但你不要敷衍。」

這哪還敷衍得了啊！

正常人都知道敷衍下去只有死路一條吧。

我就是一直想要逃避他的這個問題……沒錯，我一直有自覺哈維恩整路上都想探問我這件事，估計他是忍不住了，乾脆逮著我說清楚講明白，不讓我打混過去。

「不過在你想出個所以然之前，當然還是好好休息爲先。」哈維恩語氣一改，瞬間變成母親般關懷慈愛外加威脅的眼神直視著我，整個就是我現在還在外面遊蕩屬於天大的罪惡。

「……我也差不多要睡覺了，大家都晚安。」

看著哈維恩展現出我不睡他會一棒子讓我連睡三天的氣勢，我立刻用力打個哈欠，表示自己眞的要去躺床。

「對了，您……」

我回過頭，看見哈維恩的視線轉向其他地方，似乎在凝視黑暗中某個不明物體，但他立即轉回來，繼續說道：「請您今晚好好休息，沒事不要再到處遊蕩了，否則我可能會做出不符合人類認爲的、文明的舉動。」

意思就是你會把我××〇〇之後讓我一路睡個痛快是吧。

我無言地看著哈維恩，毅然決然地掉頭回房間。

與其被揍到昏睡，還是自己睡比較乾脆。

※

尊貴的……殿下……

您是否……

朦朦朧朧中，似乎聽見了什麼聲音。

我翻過身，拉拉被子，莫名覺得那種柔軟的呼喚聲有點吵，在人睡得正香的時候最討厭出現這種聲音了，不管多麼柔軟優雅，聽著還是和蚊子在飛沒什麼差別，只想一巴掌拍死。

那是個陌生女人的聲音，幾乎就靠近在邊上說話，沒什麼距離感，彷彿一睜開眼睛就能看見對方緊貼一旁。雖然聽起來相當溫柔親切，卻莫名讓人頭皮發麻，似乎隱約能聽見藏在話語裡那看不見的根根細刺，還尖銳得讓人見血。

殿下，你最喜歡的……我們約定了……

揉著眼睛，我從模糊又奇怪的對話中清醒。

身邊沒有任何人在說話，奇異的話語殘聲就消散在夢裡面。

周圍床鋪已經沒人了，估計大家都超級早起地去忙各種事情，外加是在奇歐妖精的行宮裡，安全有保障，看來他們眞的是打算讓我睡到自然醒。

雖然很貼心，但是自己一個人睡最晚還是有點哀傷。

用力地伸伸懶腰，我默默爬下床，梳洗好，正打算出去隨便找個人問問現在狀況時，隱約又聽見說話聲。猛然回頭，只看見床鋪附近有細小微弱的光瞬閃消逝，幾乎就像錯覺般，完全找不到蹤跡。

來到這個世界後，奇奇怪怪的夢作多了，已經沒什麼好大驚小怪，嚴格說起來我都越來越習慣了……眞不想承認自己被同化的程度如此之高。先不管被同化的問題，我總覺得這個夢怪怪的，不像前幾次要人猜謎一樣，夢境似乎不是針對自己，而且還有種說不清，卻又可以明顯讓人察覺到的特定目的。

「你醒了嗎？」

還沒想出個所以然，就看到黑小雞從走廊邊冒出來，神清氣爽得好像他昨天睡得比我還充足，「其他人正在安排綠海灣後續的處理事項，你要先吃點什麼嗎？我有幫你準備你喜歡吃的東西作爲早餐。」

黑小雞報告得超級自然，硬是給人正朝著管家之路狂奔的錯覺。

如果早知道羨慕伯爵會換來一隻黑小雞，當初我就不要全心全意地羨慕了，妖師牌現世報來得好可怕啊。

還有，我根本沒告訴過你我喜歡吃什麼吧！

有點無言地看著夜妖精走過來，此刻我的內心依然充滿著對不起他家父母的感覺，不知道第幾次感慨把一個雄壯威武嚴肅又傲嬌冰冷的戰士變成這樣，雖然好像不是我的錯，不過良心還是有點痛，如果他不要遇到我，現在應該還在樹林裡自由自在奔馳著獵人頭吧。「學長他們呢？」睡前我看見學長被安置在床邊，醒來怎麼不見了？他現在就是一個伴手禮狀態，時不時還要打包，應該不會自己跑掉。

「暫時移到王子的寢室。」哈維恩冷冷說道，似乎沒打算向我解釋一下前因後果，不過我大概可以猜到，八成是我睡死的這段時間裡，學長的精靈臉和氣質不知又差點殺死誰，所以先放到摔倒王子的個人房間隔離比較安全——各種方面的安全。

「你有感覺到房間裡有什麼嗎？從昨天進來到現在？老實說。」我看到黑小雞稍微一愣，他可能沒預料到我會問另一個完全不相干的問題，所以頓了頓才開口回答。

「畢竟是奇歐妖精的領域，基本上並沒有任何危險，但針對王族或某些人的敵意與存在不是我們能處理的。」哈維恩畢恭畢敬地回答：「也不在我們負責的範圍中。」

看來除了恐怖小雞以外果然還有其他東西，哈維恩挑明不管，表現出來的語氣與態度也是要我別理會。不過他剛剛說了王族……在這裡也沒其他王族人選了。話說回來，昨晚阿斯利安和戴洛老兄他們的談話同樣讓人有些介意，搞不好這些都是同一件事情？

我稍微思考了下，決定暫時先不要哈維恩幫忙，這傢伙雖然表情很冷地說不在處理範圍，但擺明一副快點命令他、就算他對事件不爽但是只要有命令，不管上刀山下油鍋他都會喜孜孜去執行的臉。看著看著，莫名不想讓他稱心如意。

「漾～」

門口傳來的聲音打斷我的思考，猜也不用猜，轉頭果然看見五色雞頭一臉奸邪地走過來，只差沒兩隻手搓啊搓的，「睡醒了？大爺正好有事找你。」

我看著五色雞頭，等他的下文。

「大爺發現有幾隻老鼠竄進來，要不要一起去抓來玩？」五色雞頭完全沒有自己在別人地盤上的自覺，磨爪霍霍地說道：「不然沒事幹了，大爺只好去殺人放火。」

你要不要順便搶錢搶糧搶娘們？

在王族領地說這種話，當心被砍掉！

「什麼老鼠？」我瞥了眼哈維恩，他的反應有點不以爲然。

「殺王族的老鼠。」五色雞頭豎起手指，指指我們的正上方，「這裡就兩隻啊。」

同時，哈維恩消失在我們身邊，幾秒後再出現，直接摔出兩個衛兵打扮的人到我們面前。

「你們是誰？」哈維恩大概很不想讓五色雞頭搶在前面，語氣森冷地一腳踩在對方胸口上，鞋底直接把衛兵鎧甲給踩凹下去，「說！」

根據收看芭樂劇的經驗，他們要不是死不開口，就是寧願死也不開口。

「哼！」

衛兵果然牙一咬，標準往生前兆。

哈維恩與五色雞頭瞬間同時出手，一人一手按住衛兵的臉，掌心下有不明小微光，接著衛兵全身僵直不會動了，馬上失去所有意識反應，也沒有領便當。過了幾秒，他們才各自收手。

「看樣子問不出話，讓那些王族自己去煩惱。」哈維恩冷哼了聲，還卑鄙地往入侵者臉上踩一腳，蹭掉鞋底的髒土。

認真說，我大概可以猜出來現在是上演哪齣了，說到王族和這種入侵者、更可能是刺客，劇情走向估計只有一種，就是那個傳說中只要有王位就會有推翻的附帶特產，不知道又是哪裡來的野心家鐵了全身要把王族往死裡打，之後竄位。

好像前幾天才在燄之谷上演了有點類似的劇情對吧……

所以我說人幹嘛愛當皇帝，當皇帝不是過勞死就是被排擠死，要擺爛還會被推翻、五馬分屍，想要享受可能會得到各種病，腦殘了才要去搶那個位子，當普通人多好，至少很多事情不知道能活得幸福點，一輩子蠢死也不太壞啦。

「發生什麼事了嗎？」

聽見第四個聲音，我們幾個人回過頭，看見阿斯利安走進來。他對地上的刺客沒什麼太大反應，只淡淡掃一眼，便朝我們勾起笑，「這種事情你們就不用管了，奇歐妖精會處理，王子殿下的人還不至於連這點應變能力都沒有。」

哈維恩給我一個「看吧」的欠揍表情。

「如果沒事的話，可以四處走走，或是到街上購買些東西，我們預計等王子將綠海灣問題處理完畢就出發。」說著，阿斯利安遞給我一包巴掌大的花色小布包，「還有學弟，你的通緝已經幫你撤銷了，不管是學校或公會方面，戴洛和王子早上出面幫你擔保，已經做好緊急申請，我想分量應該相當足夠……雖然還是附上了五袍證明。」

喵喵啊啊啊啊啊啊——！

我覺得我一世清白真的會毀在喵喵手上啊啊啊啊！

從學校蹺課就算了，陰險公會的人就算了，被公會通緝就算了，被公會說要五馬分屍和燒女巫就算了……但是在做完所有一切之後，妳就這樣開大招丟了五袍證明出去，好像在宣告天下我就是個大流氓，我被通緝都可以甩尾逃逸啊！

很低調地讓王子他們處理不好嗎！

按照公會那種不正常的思考模式，我深深覺得就算表面記錄被移除，檯面下我不知道會被寫成什麼陰暗的東西啊！

人生有這種切開裡面都是渾沌世界的美少女友人眞的不知道該說好還是不好，但對精神不好是肯定的。

抱著黑白的人生，我有點心死地打開阿斯利安給我的一小包物品，裡面是一些糖果模樣的東西，各種色彩，看起來很可愛。

「這是奇歐妖精的小零食，剛剛王子小時候的保母給的，我想你應該會喜歡。」阿斯利安露出很懷念的表情，「雖然許久不見，但她還是沒什麼改變，一聽到我們在這邊的消息，立即就趕來了。早晨王子也和她小敘了一番，是很有意思的人，如果你們遇到也能和她聊聊天。」

阿斯利安說這話的同時，不知道爲什麼我隱約覺得有點奇怪，具體哪裡不對勁說不上來，硬要說的話可能是所謂的力量有點波動還是氛圍受到干擾。

我皺了下眉，發現一覺醒來突然對某些事物好像變敏感了？這也算是那啥啥啥的影響嗎？

算了，先不管這個。

看阿斯利安好像沒打算繼續說什麼，我很有自知之明地隨便找幾句話，拽著五色雞頭趕快離開房間。

才踏出房門兩步，背對房間的我突然一陣毛骨悚然，還沒反應過來是什麼事情，哈維恩和五色雞頭已快速左右打開防壁，武器與獸爪瞬間揮出。

愣然地回過頭，只看見整個房間裡被覆上一層黑暗，裡面什麼也看不見了。

「退開。」

幾道身影紛紛擦過我們身邊，然後讓我往後退，仔細一看是千冬歲和萊恩等人，旁側還有摔倒王子，王子的臉超級臭，死死瞪著覆蓋房間的黑暗。

「果然還不死心嗎？」戴洛站在王子後方，若有所思，「這麼多年過去了，依然還在。」

「這是什麼啊？」喵喵站在千冬歲身後，很不怕死地提出大家心裡的疑問。

「看起來像是針對特定人啓動的亡靈咒術，不過存在滿久了。」千冬歲打量著黑暗遮罩，推了下眼鏡，「如果你們知道是怎麼回事，應該要早點解除吧，即使只在特定條件下反應啓動，但還是會對目標造成一定的影響。」

「讓阿利處理就行了。」看起來完全不擔心的戴洛雲淡風輕地說道：「這事情也沒這麼好解除，需要的是時間。」

所以到底是什麼事？

「那是什麼事呢？」喵喵一臉疑惑地問。

我發現有喵喵在眞好，她把別人的事都發問得很自然啊！

「這個嘛……畢竟是王族內部……」戴洛似笑非笑地往摔倒王子看了一眼，後者冷哼了聲，甩頭不理我們。「先離開此處吧，讓阿利有空間處理。」

老兄，你想帶開人這藉口也用得太爛，你弟明明就關在房間裡還附帶黑暗結界，怎麼看都不像需要外面的空間啊。

不過當然沒人白目到去反駁，就這樣跟著戴洛一起走了——除了不合群的摔倒王子。

離開客房，戴洛熟門熟路地帶我們走進另座小廳，暢行無阻，沒有被外頭的衛兵攔下，甚至在所有人進入後，還有女侍主動端上茶水點心。

等餐點差不多上桌完畢，室內的侍者便很有自知之明地往外退去，還不忘附上一層隔離結界，以免遭到有心人士竊聽，整個流程非常順暢，根本像是演練過無數次的ＳＯＰ一樣。

「你們特別把這種年代久遠的咒術留著有什麼意義嗎？」千冬歲確認過安全性後，馬上發問：「我不認爲以你們的能力無法處置，特別還有兩位是黑袍。就我剛才看見的，這僅僅只是個獻祭己身靈魂的黑色詛咒，破壞核心就不會再追蹤特定人士。」

戴洛沉默了幾秒，露出苦笑，「確實有些緣由，不過這牽扯到許多事情，或許休狄會更樂意告訴你們。這次的任務，我瞧你們和休狄相處得挺好的，很可能由他親口告訴你們這些事情比較好。」說著，他還刻意往我這邊看一眼。

說眞的，大哥你還是誤會了，因爲王子和我們處得根本沒有很好啊。

戴洛老兄絲毫沒有「我們不好」的感覺，就這麼自顧自地說下去，「我和阿利能做到的事有限，或許由其他種族的人來親近休狄會更好。」

爲什麼這話聽起來好像是要把別人拿去當活祭品？

丟一隻其他種族讓王子咬，王子就會乖乖的，很有這樣的意思。

「先不論前因，就咒術來看，這是只追蹤兩位的惡咒，平常分散在各處，你們兩位出現才會啓動，所以沒引起我們的注意。如果不介意，我能自行探查大致上的規模嗎？」似乎對術法比較有興趣的夏碎學長勾起微笑，「靈魂下咒雖不算罕見，但也不是想看就能看到的。」

會嗎？我總覺得還滿容易看到的……

「哥。」一聽見自家兄長又要不安分，千冬歲臉上浮起千百個不願意，他糾結一點五秒之後才鬆口：「我也一起，這能作爲情報班資料。」

夏碎學長笑笑的，倒是也沒有拒絕。

短暫的時間過去，身邊幾個人突然抬起頭。

我跟著看過去，看見阿斯利安和王子一前一後走進，前者看起來連根毛都沒少，精神奕奕的樣子，應該是眞的完全能對付，沒遇到危險。

「如何？」戴洛看著自家弟弟，問道。

「和預計的一樣，大概還得再等上好幾年吧。」阿斯利安說著，有意無意地往摔倒王子看了眼，然後轉向所有人露出微笑：「這兩天不會有什麼問題，放心吧，這個術法只有我或戴洛在場時才會被啓動，而且啓動前還需要花點時間，讓力量聚集組合呢。」

摔倒王子嘖了聲，很不以爲然。

「如果王子殿下不介意，或許我能製作幾個術法來安定這個咒殺之術，讓它啓動的次數不那麼頻繁，也更容易隨著時間消散。」出乎意料之外，夏碎學長突然開口，他摸摸小亭的腦袋，朝挑起眉的摔倒王子說：「消弭戾氣的方法並不少，簡易的幾種我想我還是有些把握。」

「那就拜託你了。」阿斯利安直接搶在王子皺眉想要說話之前向夏碎學長道謝。

「小事。」夏碎學長淡淡地勾起唇。

「這種事情我來做也可以啊，哥你好好休息。」千冬歲立刻搶下差事，「雪野家的五術應用就夠了，不過是個血戾殺術，我調點東西就可以很快化解掉。」

「嗯，那就拜託你了。」夏碎學長還是一樣的笑容。

不知道爲什麼，我總覺得千冬歲好像被暗算了一把，雖然原本是夏碎學長要幫忙，但我感覺他好像篤定千冬歲會接手啊！

啊算了，反正就算知道自己被陰險，千冬歲也會心甘情願被陰險，而且還滿心歡喜地被他哥陰。

「對了，還有一件事。」阿斯利安再次向千冬歲兩人道謝後，突然轉向我：「學弟，你的學弟記得去撿喔，他剛才似乎嚇得插在房外庭院裡了。」

我的學……

我靠！

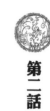

第二話　傾聽黑暗

「就算學長把我忘記，我也不會哭。」

好補學弟含著一泡眼淚，一臉堅強地站在我前面。

「……好好好，你乖。」我還能說什麼呢，我是真徹底把這參給忘得一乾二淨了，難怪起床之後老覺得好像少了什麼。「事情那麼多，忘個幾次也很正常啊，而且你那麼小隻。」

「我、我會自己跟上的。」好補學弟眼巴巴地說道。

「好吧你加油。」我有點無奈。

「我會加油的！」好補學弟用力一握掌，小臉發光地回答。

加油你個毛啊。

「對了，學長，我想跟你說一件事情，就是我之前在那個船上躲起來的時候啊……」

「漾漾。」

我轉過頭，看見喵喵走過來，「喵喵打擾到了嗎？」

「沒事沒事，學姊妳先。」好補學弟連忙搖頭，然後縮到我身後。

「？」喵喵大概是看好補學弟沒有要繼續說什麼，便開口：「薇莎他們已經安置好了，你要過去嗎？還有千冬歲說你們遇到的那個船長好像在外海，可能是要找你們喔，船上的探子還在城裡面。」

嗯？那個船長在找我們？

我想想，應該沒什麼事要被找，還是奇達嘉要找商隊的人？畢竟那時候我們身上掛的是商隊的名號。

「千冬歲要喵喵跟你說，船員已經安全脫困囉，海底下大半船隻已被公會協助復原，有一些沉比較久的正在處理；海上異狀組織也派人過來啦。」喵喵停頓了幾秒，才再度開口：「還有七葉的人……」

說到七葉我才想起來，千冬歲也在這裡，那個什麼降神之所的人和雪野家是死對頭，似乎應該請薇莎他們要注意這點。

「千冬歲說來的是七葉家中比較理智的人，漾漾不用擔心，他不至於會在奇歐妖精的地盤動手。」喵喵說得好像一出奇歐妖精地盤就會動手之類的，「不過喵喵覺得漾漾如果有看到那個人，還是不要走太近比較好。」

我大概也不會特意去和陌生人走近吧，不過喵喵是第二個給我這種建議的人了，所以七葉家和雪野家到底是有哪種深仇大恨啊？可以讓五色雞頭之前也特意告訴我類似的話。

「可是學姊人很好啊。」好補學弟弱弱地說道。

「唔……七葉家現在有幾個派系，雖然年輕一輩的比較開通，但有一派執著天命，那些人以前也曾對千冬歲動手，喵喵不喜歡他們。」喵喵很難得地確切對我們說出她反感的情緒，接著她繼續開口：「千冬歲是雪野家繼承人，就和休狄王子一樣，以後都要揹負很重大的責任。所以對他們壞的人都很壞，不管如何，喵喵一定會幫千冬歲的，就像阿利幫忙王子。」

阿斯利安幫忙王子？

我想了想，雖然一路上他們合作無間，但我好像看到的都是某種進進退退吵吵鬧鬧的畫面，當然彼此協助是有，但要說更深程度的幫忙還是心靈交流，其實很難感受得出來——我想喵喵指的應該就是我感受不出來的那部分「幫忙」。

正想再問問八卦之際，我隱約感覺到有人靠近，抬頭果然看到哈維恩從轉角走出來。

剛剛回來撿學弟時我怕他們又彼此用鼻孔互視，所以讓哈維恩避開眾人，重新再調查房間和附近的狀態，最好是可以把咒術的詳細情況拼湊一下。畢竟其他人似乎不是很想說清楚講明白，我也只好想辦法自己弄懂，順帶滿足一下好奇心；他現在冒出來，估計是查到了什麼。

……也有可能單純想來把學弟趕走。

哈維恩走過來，先瞪了好補學弟一眼，接著畢恭畢敬地向我回報：「大致摸清楚咒殺的規模狀況，你想看嗎？」

「看？」我有點疑惑哈維恩的用字。

「如果你想學，就如同之前所說，我能將所知的教導予你。黑色種族有很多解讀這種咒術的方法，特別是夜妖精，畢竟我們原本就是爲妖師解讀各種黑暗的存在。」哈維恩停頓了下，繼續說道：「又或者你已經隱約能看見了？妖師一族原本就是對心語敏銳的古老種族，傾聽人心陰冷的囈語並不是難事。」

這就是傳說中要開始技能升級的階段嗎？

總覺得別家主角三兩下便能瞬間升級，我好像走了很漫長的路呢呵呵呵呵……而且感覺好像也不是什麼大絕招啊！

要到什麼時候才能夠爽颯登場啊！

「不行，那對漾漾有影響。」喵喵立刻打斷我們的談話，用非常認眞的表情看著哈維恩，「你也不想那樣，喵喵知道的。」

「……」哈維恩面色不改，也沒說什麼，讓我有點搞不懂他的反應究竟是贊成喵喵的話或是不想搭理她，就在我們一片沉默時，他突然開口說道：「妳認爲我會刻意挑選有害於妖師一族的術法嗎？」

「喵喵不是這個意思……」喵喵似乎被哈維恩的話嚇了一跳，急忙搖頭，「只是漾漾身上的抑制……」

她雖然收嘴收得很快，但瞬間我仍感覺到喵喵身上某種氣息倏地波動了下，若不是心虛，就是看到鬼了。

哈維恩淡淡掃了喵喵一眼，「放心，由我提出，當然不可能危害到我所侍奉之人。」

喵喵看起來依然相當不放心，很猶豫地盯著我，一張臉上寫滿了不要學的表情。

「好啊，我學。」雖然有點對不起喵喵，但現在的我認為有必要學會自己這邊的東西才行。就像哈維恩先前所說，很多事物其實並沒有那麼多界線。

雖然還是很遲疑，但喵喵這次沒再阻止我了，只是靜靜讓到一邊，然後輕輕地嘆息。

「……無論如何，沉默森林都不會危害妖師一族。」哈維恩看著喵喵，說道。

「嗯……」喵喵點點頭，但是表情仍然相當憂慮。

「不過在教導之前，希望您讓我先為您安放一個約束術法，也算是您自己的煞車器，避免您過度使用力量造成危局，如果您的思考或是力量超出我為您預設的範圍，就會啓動這個小術法。」哈維恩一邊說，一邊從自己手上拿下一個黑色手環，「這個約束只有您本人看得見，不用擔心會影響到旁人。」

最好我有什麼力量可以造成危局，感覺世界末日都是我身邊這些人做的孽比較多。

我邊想著，邊在哈維恩的示意下把有老頭公的那手伸出去，讓哈維恩將手環和老頭公結合在一起，原本安置幻武兵器的手環上出現了新的黑色圖騰，看起來有點像是樹枝的形狀，還滿時尚的。

「不過約束是……？」摸著手環，我還真不知道有什麼能幫我煞車。該不會直接手環電擊吧？

「就像這樣。」

哈維恩邊說著，邊往我手環上點了下。

我看了看手環，又看看哈維恩，覺得好像沒發生什麼事。

這是等我良心發現不要毀滅世界的節奏嗎？

「褚——」

一股劇痛直接從我後腦刮下去，我幾乎是下意識地直接抱住自己的腦袋往前一跳，反正不管做了什麼先道歉就對了！

「學長對不起我閉腦了！」

……

……

我瞪著哈維恩，無視喵喵和學弟愣掉的表情。

「你很帶種。」眞的，非常帶種，我就想現在拿他當毀滅世界的第一個血祭。

哈維恩勾起陰險的微笑。

「多謝誇獎。」

「那麼，我就可以教您基礎的傾聽了。」

哈維恩收起那一絲絲的奸險之笑後，再度變回嚴肅的面癱，也不打算解釋這個根本針對我個人的夭壽煞車幻影是怎麼做出來的。

不是我要說，這東西根本不是煞車器，是拿來消耗靈魂用的吧，多開幾次我可能就直接精

神衰弱而亡啊喂！

拿人家的心靈創傷來做這種東西，有沒有考慮過被害者的感受啊！

壓根不想管我會不會被嚇死的哈維恩逕自說下去，「其實您經歷過了黑色影響與夢連結，早就開啓了類似互換靈魂語言的那扇門，要傾聽黑色語言會比其他人更爲容易，這省掉您很多修行時間，現在您只要學著和元素精靈溝通就可以分解藏在術法中的那些暗語。」

「元素精靈？」我挑眉，覺得自己聽見的好像是光明種族的手法。還有，我什麼時候被開了啥鬼門口我怎麼都不知道？該不會哪天又會說我被開了幾個窗口吧？公務員都沒我這麼多服務窗口。

「我說過了，原始的術法區隔並沒有那麼大。既然有聽從白色種族的元素，那當然也會有服從黑色種族的元素。」哈維恩張開手，一抹黑色氣團在他掌心中旋繞了起來。與鬼族的惡毒氣息不同，那抹黑暗帶了點冰涼，還有說不上來的幽密感。「請您記住，這個世界會有八大種族，原本就是爲了協助世界運作而產生，不論是白或黑，皆爲世界的一員。」

我伸出手，循著相同的幽暗氣息，那點涼涼的東西很快在我手上聚集起來，速度遠比我之前使用普通法術快得很多，眨眼間手上已經出現了和哈維恩一樣的黑色小氣團，而且隱約可以聽見裡面傳來的陣陣細語，似乎覺得很有趣似的，正在等待我們進行下一個動作。

「我剛才同時幫你解開了一小部分禁咒，讓你得以更順利聽見黑暗的語言，你只要自然地接受，就像你原本用人類身分理所當然去接受那些人類一般，就能開始聽見那些低語。」哈維恩散去手上的黑球，接著拉動我們身邊的氣流，引導出更多細微力量，「黑暗是無所不在的，就像光照下必有影子，精靈邀請了白色世界的光明面，妖師就會有黑暗面的協助，這是不變的法則。重點只在於您願意承認並接受多少。」

我看著手上那團黑色小球長出小眼睛，慢慢地跳動了幾下，接著噗嘰一聲整個跳開，重新回到空氣之中。即使消散了，那個黑色小東西還是在附近，我完全可以感覺得到；應該說，這附近很多那樣的東西，又小又冰涼，但是很有活力地在光影中跑來跑去，就像校園裡那些細小的精靈，只是沒那麼溫暖。

如果不是邪惡的東西，爲什麼會無法接受？

那眞的就只是很單純的存在，在黑夜裡形成、在影子中形成，或是在人們的夢裡形成。

然後，我聽見了女人哭泣的聲音。

慢慢聚集起來的黑色力量在花圃樹下形成了女性的身影，背對著所有人，寂寞地哭泣著。

即使分離，

我也不會放你孤身一人。

眨眼間，身影散去，再出現時已是距離很遠的庭院入口處，但很快又不見蹤影。

「這個靈魂咒術散布在整座行宮之中。」哈維恩打斷我的出神，說道：「到處都可以看見這樣的東西，對一般人沒有害處，但對特定目標會集結怨氣進行襲擊。紫袍或黑袍可以很輕易阻擋，只是我認爲在這裡面，似乎還深藏了某些東西。」

「什麼？」我再次往入口處瞟了眼。

「我還未找到核心，無法非常確定，在我完全確認之後會向你報告。」哈維恩顯然不想把未完成的進度講給我聽，我也只好不繼續追問了。

回過頭，看見喵喵和好補學弟還在原地等我，我想了想，把女人的事情告訴他們，喵喵似乎稍微鬆了口氣，接著上下檢查了我半晌，才綻開平常的笑容。「如果覺得不舒服，要快點告訴喵喵喔。」

「嗯。」我點點頭。

「打擾了。」

原本空蕩的庭院門口出現了正裝女侍，沒有靠近我們，只中規中矩地站在外面彎身說道：「幾位的隨行資格已經登記完畢，在王子殿下停留期間，你們能夠暫時自由在城內行走不受干預，但請千萬謹言慎行，如果有可疑分子纏上諸位，可就近與奇歐妖精或相關人士求援。」

隨行資格？

啊，應該就是每個種族住處的各種結界，在其中有不能亂用法術或到處亂跑的限制，估計是摔倒王子替我們掛好保證。也眞是難爲他了，總覺得他是臭著臉辦好各種手續的。

「唉呀，都忘了。因爲薇莎他們有身分上的問題，不方便直接進入王族的居住地，所以安置在附近的旅店裡，喵喵本來是想問漾漾要不要一起過去的。」喵喵有些遺憾地說著：「漾漾要過去嗎？」

「如果你想過去就去吧，我還要花點時間將這些碎片組合起來，才能順利找到核心。」哈維恩用一種「你很礙事」的表情打算目送我出去。

「……我們走吧。」現在不揍他不是因爲我打不過他，是因爲我也滿擔心薇莎他們的。

「對了，請將此物帶在身上。」哈維恩喊住我，拿出一本小冊子，看起來相當陳舊，還是手工裝訂的。「這是夜妖精常用的基礎術法，有空的話你可以多看看。」

傳說中的武功祕笈道具掉落了嗎？

我好像聽見發現罕見道具的提示音，所以滿懷感恩地接過可能會讓我直升高等級的祕笈。

隨手一翻，裡面寫滿我完全不認識的字和各種圖文法陣，不過旁邊已經貼滿逐句翻譯，哈維恩在這方面還滿細心的，知道夜妖精的字不是正常人能看得懂，不曉得花了多少時間才弄好這些。

向他道過謝後，我就帶著好補學弟與喵喵一起先離開了。

這次哈維恩真的沒跟上來給我異樣的驚喜了。

喵喵帶著我們在行宮裡轉轉繞繞，接著開了個移動陣法，很快我們便出現在人聲鼎沸的大街上。

似乎完全忘記海港發生的各種事情，不被影響的商店街依然熱鬧，各式各樣的商販攬客與小攤的吆喝聲迎面傳來。我都還沒聽清楚旁邊夾死人的螃蟹是在喊什麼，手臂一緊，低頭就看見很驚慌的學弟抓住我的手，整個人貼了上來。

「不用擔心喔，這是綠海灣最大的交易區，凡是靠岸商船的大貨或是船邊搶拍的散件都會送到這裡販售，所以奇歐妖精管理得很嚴格，不太有危險。」喵喵露出好看的笑容，接著跟我們說道：「可以在這邊找到很多有趣的東西，漾漾如果有興趣也可以採購喔！」

我點點頭，四處張望了下，的確看到很多神祕且應該打馬賽克的東西，例如根本看不出是什麼生物的怪異標本，還有正在兜售奇怪東西的長頸女，讓我想起學校附近的左右商店街，不過這裡的規模更大，而且商品樣式和人更多，我們才剛走兩步就被大量人潮推著移動；很有經驗的喵喵則是直接一手一個抓住我們，左鑽右擠，很快地進到另一條街道上。

這邊顯然人少了點，看著像是主題商店街的區域，幾乎沒有攤販，全都是店面。

喵喵帶著我們走了一段，最後在一間看起來相當平凡的小旅館前停下，一站穩腳步，就可以聞到門內傳來的食物香氣，好像是燒肉，整個人突然餓了。

正想著薇莎兩人應該就是住這邊了，小旅館的門毫無預警突然打開。

出現在我們面前的是一名陌生人，還有一名我基本上可以說是認識的人。

「……學弟？」

「你們怎麼跑過來啦？」

出現在我們面前的居然是之前才見過面的染花七葉，她有些訝異地看著好補學弟，然後將視線移往喵喵，「是來找映河？」

「誰啊？」喵喵歪著腦袋，一臉不解。

「映河七葉……啊，你們是他雇主的朋友吧。」染花露出明白的表情，說道：「抱歉，我誤會了，他們就在二樓房間。」

「學姊怎麼跑來了啊？」好補學弟這下倒是露出安心的大大笑容，立即走到染花面前，開心地望著她。

「我們也收到綠海灣的狀況報告，因爲和映河原本就是同系親族，所以我便接下任務來這邊確認現況，看來奇歐妖精會將所有事情處理得很好，不須我們這些外來者擔心。」染花看似很習慣地伸手往好補學弟頭頂搓兩下，繼續開口：「雖然是他私自接下的工作，但也不會放任他亂來的。」

「亂來？」好補學弟眨眨眼睛。

染花微笑了下，轉向喵喵，「我已經警告映河不要隨便接近雪野家與藥師寺的少主，他在這裡的任務完成後會立刻離開；如果他動手了，請通知我來處理。」

「那個七葉是獵神派的嗎？」喵喵瞇起眼睛。

「不瞞妳說，映河的確是天命降神，而我是閉門一派，這幾年七葉家與雪野家已經避免很多衝突，目前我們也正在盡力減少不必要的爭鬥，以最大的能力牽制並避免數百年前的血戰。

映河是年輕一輩中相當理智的一位，我想應該不會對雪野家的少主造成太大危險。」染花嘆了口氣，有些無奈，「但雪野家的少主似乎帶了不少心腹手下，這部分引起很多七葉的注意，總之你們還是盡快離開這裡吧，彼此理性地各退一步才是最重要的。」

「喵喵才不怕呢。」喵喵嘟起嘴。

「這倒也不是怕不怕的問題，論戰鬥，七葉家未必會遜於雪野一族，然而很多事情都有辦法可以避免，不一定要用到極端手段，我想妳也認同。」染花勾起唇，「那麼就這樣吧。靈芝草，既然你要跟著大家，就得自己好好努力成爲助力，不要再隨隨便便埋進土裡，這樣大家會很困擾的。」

好補學弟臉一紅，連忙點頭。

染花又交代了好補學弟幾句話，大多是注意安全等等的，之後便離開了。

隨後在旅館服務人員的帶領下，我們很快來到薇莎等人暫住的客房。

雖說是客房，但門一打開，根本是超級無敵華麗的總統級大套房，不但有客廳還有小酒吧，瞬間讓我懷疑這裡眞的是小旅館嗎？室內空間與外觀上的大小不太一致啊！

「你們來啦！」

推開幫我們開門的鯨，薇莎開開心心地跑出來拉著喵喵，「王子果然很有力，都幫我們安排好啦！而且他還給我們往後可以在綠海灣自由通行的王家證明喔，妳看妳看！」說著，她秀出掌心上的小銀牌，上面有枚火獅子的圖騰。

不得不說王子還眞大方啊，沒想到薇莎這麼不熟的人他還敢發證明，他就不怕哪天被搶劫嗎。

「來來我給你們介紹一下，這就是七葉醬，她很感謝你們救了她一次喔！」薇莎直接拉著我和喵喵往客廳裡跑，似乎沒有注意到喵喵瞬間愣了下，而房內正好同時走出第三名房客。

原本以爲和雪野家對槓的可能會是什麼殺人不眨眼的狠角色，看到走出來的是個很普通的蘿莉少女，我反而有點意外。

呃，其實也不普通啦，是個粉粉淡紫色蘿莉蓬裙打扮的嬌小美少女，連頭髮都染成漸層的粉白紫色，巴掌大的臉看起來精緻漂亮，妝容相當到位，就像個陶瓷娃娃般，雖然沒有喵喵那不用化妝、渾然天成的可愛，但也不算差。

「這就是七葉醬喔！」薇莎拉著喵喵，很開心地介紹著，「小七葉，這是喵喵，還有漾漾和他朋友，就是他們幫忙這次的事情。」

映河七葉看了看我們，沒有做出奇怪的表示，只是勾起好看的笑容朝我們正式地行禮，

「謝謝你們啦，詳情我已經聽薇莎說過了，這次的古代術法出乎意料地棘手，差點就損壞七葉家的名譽。如果幾位需要什麼謝禮，也不用客氣儘管開口。」

看著露出完美笑容的美少女，不知道爲什麼我總覺得哪裡不太對勁。

撇除那張很專業的笑容，我從她身上隱隱約約感覺到奇怪的不善氣息，雖然隱藏得很好，但能看得出那一縷惡意。不過左看右看，喵喵和其他人似乎沒有發現這件事；大概是爲了掩飾自己的不快，喵喵已恢復平常的笑容，和映河七葉、薇莎愉快地聊起天。

眞是的，如果不是在這座城市……

我看著映河七葉，瞬間看出了她奇怪的地方。

原來是傳說中背後捅刀型的設定啊！而且陰險得讓我讀了出來，這樣是不是以後有人要洗劫帳戶還是取得不義之財，我都可以稍微搞到他們的帳戶密碼或是藏寶地點？

感覺當壞人的那方好像還滿賺的？

默默覺得這被解開的黑色種族力量似乎有點好用。

「既然小薇莎已經順利地把船取回來，那麼我們的合作契約也就到此結束了。」

我一回過神，正好聽見七葉家的美少女笑吟吟地這麼說道：「因爲我自己的失誤，沒有替小薇莎辦好計畫中的差事，所以我會退回所有委託費喔。」

「咦！這不行……」

接下來就是一連串雙方客氣來客氣去的話語。

因爲和我無關，我也不想被捲進這種事，於是轉頭想要找個藉口先離開，接著便看見好補學弟正在和鯨說悄悄話，這下子讓我驚訝了，好補學弟超嚴肅正經的，好像在說什麼很重要的事情。

注意到我在看他們，學弟連忙跑過來，「那個，我們沒有在說悄悄話喔！」

沒人說你在說喔。

「只是我看他們好像很厲害，去過很多地方，所以想請他們幫我找人。」好補學弟有些不好意思地低下頭，「其他同族也找好久了，一直找不到。」

「找人？」我看好補學弟不像說謊，應該眞的是在找人。「什麼樣子的？」

「那個，我也不知道欸。」好補學弟對著我天眞一笑，我直接把手放在他臉頰上，用力往左右兩側捏。「眞的不知道啊啊啊啊啊──」

最近覺得，聽學弟慘叫好像越來越紓壓了。

放開好補學弟的臉，我看著他委屈地蜷成一顆球，摀著臉很哀傷地把自己塞進角落。

「他方才託付的確實是要尋人。」鯨好心地幫好補學弟解釋，「但因爲他也沒見過對方的人形姿態，所以只能提供我們部分物品作爲尋找依據。」

部分物品？

我一臉問號，看得懂問號的鯨從口袋裡拿出一小團東西。

仔細一看，我還是一臉問號，因爲拿出來的是團拇指大的黑色小圓塊，根本看不出原本的樣子。

好補學弟他該不會是拿一坨屎給別人幫忙找吧！

「那麼我們這邊準備好再通知你們喔。」

喵喵那邊說到一個段落後，很適時地找機會打斷薇莎還想繼續的閒聊，微笑地挽著我的手，「剛剛說的事情，喵喵也會傳達給其他人的。」

因爲剛才注意力放在好補學弟那邊，我反而沒很仔細聽喵喵她們在說什麼。

似乎好像有提到船上怎樣的……

「不是說從綠海灣也可以前往精靈之地嗎。」離開了旅館，喵喵很好心地告訴我：「所以大家打算借用戰牙幽鬼，除了船上還有很多東西要調整、薇莎想委託大家幫忙整理以外，戰牙應該也記錄了許多精靈之地的資料，會比一般船隻容易到達。已經向公會和海上處理組織申請通過了，所以短時間內運用這艘船是被允許的。」

原來如此。

走了一小段路，我停下腳步看著疑惑地轉向我的喵喵和好補學弟，「你們先去逛逛吧，我突然想到要買點東西。」

「漾漾你對這裡不熟……」

「我想獨處一下。」勾起微笑，我看著喵喵擔心的表情，說道：「放心，我不會跑太遠，有問題一定馬上逃回行宮。」

「學長我也……」

「那好吧。」喵喵打斷好補學弟，貼心地沒有多問，「要小心喔。」

我點點頭。

目送喵喵和好補學弟先行離開之後，我微微吸了口氣，覺得自己有點頭皮發麻，不知道這樣是對還是錯……總之，如果有個萬一，我還是馬上腳底抹油，逃爲上策。

但是我不想假裝沒看見那抹惡意。

完完全全，針對千冬歲而來的惡意。

「我就知道你會停，你們身上都有神諭那家的臭味。」

我慢慢地回過頭，看見映河七葉不知何時站在我後方幾步遠的位置，環著雙手，精緻的臉上帶著淡淡的冷笑，「雖然學院和公會壓下，不過就是你吧，最近被流傳討論的黑色種族後裔。真沒想到雪野家和藥師寺家會和你這種黑暗混在一起，真是有失古老家族的身分。」

「不用妳擔心。」看著蘿莉美少女，我深深祝她等等走路摔倒，而且還不是普通的摔倒，最好是裙襬勾到釘子，結果整個被撕開的那種最高級翻滾摔出，然後再附帶一個踉蹌整個人滾下階梯的高難度動作。

「哼哼，黑色種族還想維護神諭之所的那些膽小鬼，真是稀奇啊。」映河七葉蹬著她的加高厚底鞋，語氣不善地繞著我走了幾步，「光從背景來說，你也是他們的敵人吧，要不要和我聯手，剷除掉礙眼的存在呢。」

「喔，原來七葉家也是會串通黑色種族去害其他光明種族的存在啊，失敬失敬。」參考千冬歲他們平常的講話方式，我順帶也抬高下巴，做出個很機車、會讓人想要揮一拳的鄙視角度，「七葉家有失家族身分啊。」把這句罵了千冬歲，又罵了夏碎學長的話也還給她。

「我知道黑色種族的嘴都很臭，原諒你。」映河七葉沒有馬上生氣，反而勾起陰森的笑容，讓她那張漂亮的臉變得有點恐怖，「神諭家族尊崇的是古神，還利用那些存在和力量提升自己的地位，甚至連邪神都有，七葉家的任務就是『獵神』，不允許他們這樣恣意妄爲，干涉天地的運行。對討厭白色種族的黑暗來說，清除『神』的存在也正好是你們的第一要務吧。」

「是沒錯，清除神經病人人有責。」剛好我眼前就一個。這個七葉的人是怎麼回事，初次見面就要別人去殺神，這比殺人還有問題啊喂！

雖然我不太了解千冬歲他家有什麼神明，不過可以持續到今天，也是世界允許的一部分吧，不然早就被什麼時間種族排除了，哪有可能給他們經營到大紅大紫、大發利市。

而且就算有邪神，沒拿出來用在征服世界上的話，還有什麼鳥屁用。

占卜戀愛嗎？

「你——」

映河七葉顯然不是很滿意我的回嘴。

反正也沒差啦，我還是覺得這個美少女怪怪的，刻意把自己搞得精緻華麗，反而有些奇妙的違和感，眞該叫她向喵喵學學，人家喵喵的清靈是渾然天成，切開整個是黑的也很渾然天成，根本不用把自己搞得像個大洋娃娃。

「如果現在曝光你的身分，還有你背後的勢力，你會很麻煩吧。」映河七葉咬了咬大拇指指甲，仍是露出邪氣的笑容，「包括雪野家在內，會有很多人追殺你，你覺得你們能當多久朋友；說到底，還不都是對立的敵人。今天你先滅了他們，改天就會少一個威脅，而且我七葉家也不會對你死咬不放，不覺得這才是對你們整個種族最好的選擇嗎。」

嗯，換句話說，就是——

我繼續拒絕下去她可能會在這條路上大喊妖師非禮，接著一堆正義人士冒出來把我往死裡打，往死裡打還不夠，會去找我背後所有妖師一族，徹底宣揚光明驅逐黑暗的成功。

這裡打個岔，就我了解，他們去找妖師一族估計是踏上死路的第一步，然和我姊也不是好應付的角色就是。

繼續，反正黑白種族是對立的，現在先滅光千冬歲他們，改天七葉只會在背後補我們刀，不會白痴到正面迎戰，所以要我快快下決心選擇往後被補刀之路，順便省去大軍壓境時多打一個家族的困擾。

說起來一點好處都沒有啊啊啊啊啊啊！

與其被補刀，還不如正面打一打算了！

誰跟妳以後省麻煩，省妳個心情愉快啊！

「既然你敬酒不吃吃罰酒，那就別怪我不客……」

「搶劫啊！」

在七葉家的人喊出經典台詞之前，我快狠準地比她更早喊出另一句經典台詞，「好好的路人走在路上被搶財劫色啊快來看戲！」

幾乎同一瞬間，我感覺到有許多不同氣息出現在我們周遭，雖然大多看不見身影，但還眞的很多「看戲」的人出現了。

……我就知道這世界的人腦袋都有病，叫救命還不一定會這麼多人。

映河七葉也發現這件事，臉色變得超級難看，大概沒想到我會出賤招，惡狠狠地瞪了我一眼，「給我記住，和七葉家爲敵，總有一天會找你算帳。」

「也或許那天你等不到。」

冰冷的聲音從映河七葉身後傳來，她估計沒想到會被人繞到背後而不自知，整個跳開來。

不知什麼時候出現在七葉身後的千冬歲帶著冰冷的凍結笑意，開口：「滾吧，修練不到家的七葉小子。」

映河七葉明顯露出了殺氣，不過在這種圍觀者眾的地方她也很識時務地沒有動手，只再次朝我們狠瞪了眼，接著很快便消失了。

大概是好戲就這樣沒了，藏匿在四周的氣息也逐漸消失。

帶著一身冷冽寒意的千冬歲嘆了口氣，那種連我也沒見過的濃濃殺氣緩緩退去，接著他才走過來，「謝謝。」

「欸？」沒意料到他會莫名向我道謝，我完全愣住了。

「與七葉爲敵不是個好選擇。」千冬歲苦笑了下，露出有點抱歉的表情。

原來是這個啊。

想想我也覺得有點好笑，然後拍拍千冬歲的肩膀。

「我是和世界爲敵的黑色一族喔，多一個七葉算什麼。」如果是以前，大概無法這麼輕鬆說得出來這句話吧。

千冬歲笑了一下。

「也是。」

第三話　黑暗的後裔

「對了，你怎麼會在這裡？」

七葉的事結束後，我才想起來千冬歲不是應該跟著夏碎學長嗎。

「……你沒忘記我帶了很多雪野家的人來吧，他們一發現異狀就馬上回報，特別是七葉家族的一舉一動。」千冬歲沒好氣地說著：「畢竟我們已經鬥爭那麼多年，雙方都會特別留意彼此的動靜。這裡不是學校，他如果有心對你下手怎麼辦。」

原來他是擔心我才來的，這瞬間我還眞有點感動，總算有那麼幾次是被當人看了。

但是說眞的，如果那個映河七葉剛剛想要動手，我覺得我不見得會單方面被壓著打，在學校和里德他們纏鬥那麼久，身手當然有進步，陰險人和逃脫的能力也大大長進，畢竟我都是拿學長在當假想敵練習逃命。不過最主要是我覺得自己似乎有辦法對她那點惡意做些什麼，那種意念太好捕捉了，可以加以利用。

收起心裡的想法，我轉回千冬歲，道了謝。

可能也不想追問什麼，千冬歲只是打開移動陣，先把我們倆一起傳回奇歐妖精的行宮。

景色一變，出現的果然是夏碎學長所在的房間，小亭正端著茶水給夏碎學長吃藥，一看見我們回來，夏碎學長莫名勾起笑容，還很溫和地詢問：「沒有動手？」

「沒有，是映河七葉那臭小子，從小到大不知道被我打退幾次，算他這次跑得快。」千冬歲聳聳肩，顯然對那名七葉家的人不是很在意。

「映河這幾年也已經闖出名氣，特別是在術法這一塊，不能小看他。」夏碎學長淡淡說道：「前不久，七葉家破壞了藍藤世家的女神祭壇，雖然藍藤世家沒有受到太大損害，但恢復祭壇花費相當多的時間，當時帶頭進入到祭壇核心的就是映河七葉，讓藍藤那邊傷腦筋了好幾天。」

「哼，這事情我知道。」千冬歲有點不以爲然，似乎映河七葉的作爲對他而言真的算不了什麼。「藍藤世家脾氣太好，我們雪野可沒這麼輕易放過那些人。」

「不好意思我發個問。」接過小亭遞給我的茶，我抬起手，「所以降神之所就是指……」

「降伏神物之所。」夏碎學長悠悠接下我的話，挑選精簡的重點說道：「自古以來有妖鬼必有法道，這點應該所有人都知道。但除此之外，還有專門降伏神物的存在，大多出現於神物過度干擾六界的狀況下。小至地方物神，大至天界神佛，只要被降神者認爲干擾世界運行，他們都會展開獵神的行動。雪野家是聽命神諭之處，並將神諭告知有需求的人，所以一直以來都被判斷爲影響天命輪迴的存在，他們認爲雪野家不過就是普通的生命，卻運用神的力量來干預世界，是不被容許的做法。」

總之就是破天機遭追殺的意思吧，這個我明白。

「可是既然是神自己給的，爲啥還要被追殺。」這點我就比較不明白了，這樣神的作爲和歷史運行不就相衝突嗎？

「如果將神也比喻成一個種族，你可能比較好理解。」夏碎學長勾起微笑，「很多時候，有些存在只是憐惜弱小的存在，想要動用自己的力量幫忙，卻也因此影響了歷史；所以產生足以牽制的種族，削弱『神』過大的力量，或是抹除過度使用這些力量而變得邪惡的人，讓世界不至於因這些神力嚴重失衡。就像光與暗，我並不認爲『他』和『你』有什麼問題，但是光明種族與黑暗種族確實也是相互牽制的存在，並相互削減扭曲的衍生物，不是嗎。」

「不過七葉家過度放大自己的使命。」千冬歲瞇起眼睛，「現在有一批人根本看到神諭相關家族就像狗一樣咬住不放，用盡各種手段要把我們消滅殆盡，跟那種人沒道理可以講，好人壞人都不會分。」

我看千冬歲好像深受其害，想想剛剛那個映河七葉的確很不講理，突然有點擔心起他。

明明同樣是白色種族，居然還要追殺彼此，這聽起來不是很奇怪嗎。

「放心，雪野家不會讓他們簡單得手的。」千冬歲笑了下，拍拍我的肩膀，「剛剛那個映河七葉不是逃了嗎，想和我玩，他還早得很。」

也是，先不說千冬歲，搞不好都還沒靠近就被萊恩劈掉了。

說到萊恩，我才想起來從剛才到現在都沒看到他，「萊恩呢？」

「去處理一些工作的事情。」千冬歲隨便帶過去，看來是不能告訴我的事。「對了，那個夜妖精叫他小心一點，在奇歐妖精的地盤探查很危險。」

「呃……」看來還是叫哈維恩先回來好了。

就在我打算想先聯絡哈維恩時，我們四周突然捲起了奇怪的氣息，我想也不想便揮出手抓住，直接拽到一絲黑色、看不出是什麼鬼的怪東西。

幾乎同一時間，外頭轟然一聲巨響，旁邊的千冬歲和小亭也發出驚喊。

「哥！」

「主人！」

在我看見夏碎學長臉色變得慘白的同時，那抹黑色的怪東西突然滲出極度的冰冷，那股寒鑽進我的手掌，直接纏進我的血肉裡，我整個人一悚，眼前景物立即變得完全不同了。

尊貴的王子殿下，您可不能對每個人都如此在意喔。

微弱的笑聲，伴隨著一絲絕望的哀泣。

我可以感覺到那股力量似乎在和什麼共鳴，原本只能模糊聽見的低語瞬間變得非常清晰，好像有什麼更強大的力量正在牽引這個咒術讓它再次甦醒。房外那些鬆散的小黑物體以飛快的速度重新組合了起來。

朦朦朧朧站在視線中的，是名體態纖細的女子，難以辨認樣貌的面孔上有一抹淺淡的柔軟微笑，接著逐漸變得生動立體。

這個世界啊，雖然有所規則，也必定要有人手握著護衛的利劍，但是殿下……您不認爲或許有人更適合持握那柄劍嗎？

如果，我們能離開這裡，您是不是願意放棄那些沉重的包袱？

瞬間所有畫面突然變得清晰，似乎在這一秒時空轉移換置了，原本所在的房間已消失不見。我站在正在燃燒的房舍前，熊熊烈火燒灼著屋內一切的聲音大得刺耳，劈里啪啦，幾乎要掩蓋掉面前成熟女性的聲音。

站在那裡的女子面孔精緻小巧，雖然不是精靈天使那種的絕美，但卻有種溫柔婉約的優美氣息。只是現在她的臉上雖然掛著唯美的笑，卻是很淒涼的淡漠慘笑，臉頰上還有著血紅色的淚痕。

女子穿著以鈴蘭花刺繡裝飾的米白色洋裝，裙襬沾染上幾種不同顏色的血液，她的腳邊躺著幾名護衛，手上掐著一名男孩的頸子，男孩頭顱低垂，看不見面孔，褐色的短髮覆蓋住他蒼白的臉。

似乎對周遭狀況沒什麼反應，女子只是朝著我的方向繼續微笑著。

殿下，你最喜歡的那張圖我幫你修好了。只要消除動搖你的阻礙，一切都會沒事。我們約定了……

所有記憶，如流水一樣回湧而來。

※

殿下，我的名字是■■■。

女孩介紹自己的名字，卻讓人聽不太清楚。

端正站立在行宮大廳的女孩穿著一襲米白色洋裝，上頭有著鈴蘭花的生動刺繡，精緻的衣料顯示她的身分並非普通庶民。經由旁人介紹，她是王族外戚推薦而來的遠親，因爲王族內有許多問題，所以從外面找來與權力鬥爭毫無牽扯的人，可以讓人比較安心。

我站在女孩前面，她完全看不見我，這只是被顯示出來的過往記憶，當時根本沒有我的存在。所以我退了兩步轉過頭，看見剛剛站在我後面的男孩，縮小很多很多、幼年版的摔倒王子，大概七、八歲，粉嫩的臉和一雙漂亮的大眼睛，看起來和現在版本根本是不同的存在。

王子身邊站著護衛，還有一名我猜可能是奶媽的年輕婦人，看著王子的表情相當慈愛。

「不用太拘束，雖然是父親要妳來的，但是我沒有當你們是外人過。」縮水版的王子居然露出超級可愛的天眞笑容，沒有一點警戒或是平常擺出的臭臉，用不知哪來的超高親和力衝著女孩笑了，讓原本心中有些緊張的女孩稍稍放下了心。

我靠，這表情現在根本看不到啊！

王子殿下你人生到底是被扭曲幾次，保持小時候這樣人見人愛的樣子不是很好嗎？

「謝謝殿下，我必然會忠誠盡心爲您效命。」女孩笑著，語中帶著其他的意味，「以此洗刷我族的污名。」

「那個……和你們沒關係。」迷你王子搖搖頭，很認眞地想了想，說道：「謠傳是謠傳，說你們是黑暗的後裔也沒什麼證據，奇歐妖精規正世界，即使眞的是如此也不會剝奪你們的生存、隨意冤枉你們，就安心地待下來吧。」

這時期的王子好像眞的和現在差異很大。

我盯著悠悠哉哉離開的王子，回過頭，看著女孩還站在原地，漂亮的手指揪著自己的裙子，將米白色的布料捏出縐摺。

這是她的記憶，她的視角。

「妳想告訴我什麼？」讀取黑暗記憶的人是我，想要說話的人是她。我慢慢摸索著剛才那股冰冷的力量感，一點一滴地拉攏過來。

女孩這次終於看向我，有點悲傷地微笑。

我們站在原地，四周景物不斷改變。可以看得出來王子並不長住在這座行宮，但到這裡的次數並不少，而女孩則是一直待在這裡，似乎被賦予了當王子來到這裡時，要替他打理一切的任務，還有協助一些綠海灣的簡單事務。

迷你的王子漸漸長大，大約在十三、四歲左右身邊開始出現了戴洛，但王子的表情卻已變得很僵冷，之前縮水版單純的性格完全消失了，在已經成爲少女的她看不到的地方，有了非常巨大的改變。

那是因爲，殿下身邊的人背叛他。

站在我身旁的少女幽幽地說著。

一個個間諜或殺手，又或者是奪權者，許多人被送到殿下身邊，然後試圖讓他從這個世界上消失。

不論是貼身護衛、多年的侍女，還是陪殿下一起出生入死的好夥伴、發誓把背後交與彼此的青梅竹馬。

每個人的背叛都有自己的理由，每個人都希望在奇歐王族的身上扎下一刀。

「也包括妳對吧。」我偏頭看著少女。

是的，也包括我。

因爲奇歐妖精的種族任務是規正世界，必須讓時間合理運行不受到妨礙。

如果，殿下不是奇歐妖精就好了。

我看著長廊下，女子和王子坐在階梯上，毫無拘束，雖然王子已經不笑了，但姿態卻很放鬆。這種樣子就像我之前看他和戴洛兩兄弟在一起時差不多，沒有任何戒心。

隱約能聽見他們正一搭一搭地聊著閒事，不過聽不太清楚，大概是在說什麼東西被殺手破壞了。

我只是希望，不與殿下爲敵。

殿下也並不是全心全意想要擔負這麼沉重的責任。我見過他的質疑，也知道他想要離開。所以，他能走的，我很確信他可以擺脫掉這個世界任務，讓想要的人接去，只要他不是王子就好，這樣我們就不用走到那一步。

但是，卑劣的狩人卻引導他不得不承擔那些別人也能夠做到的事。

順著女孩憎恨的視線看出去，原本正在和女子聊天的王子站起身，往年紀相仿的戴洛兩兄弟跑去。

似乎是第一次來到這裡的阿斯利安很好奇地左右張望，三人一起說了些事，王子就拋下女子與兩兄弟一起離開。

原本，我們已經說好了放棄。

只要他放棄，就可以一起離開，再也不用擔心那些沒道理的任務。

如果狩人不將他引導重回軌道……

殿下就會是我的。

毫不遮掩的強烈恨意從少女身上傳來，濃烈如墨的憎惡異常冰冷，形成了我觸碰到的那些力量。

即使已經死去，她還是用盡所有力氣憎恨戴洛和阿斯利安。

「但是，妳還是叛徒。」

我看著少女，收起我在千冬歲他們面前努力維持著的表情，連我自己都不知道自己現在是什麼樣子，「想得再多，最後妳還是叛徒。」

我……

我是叛徒……

那些台階上的景色如同玻璃一般碎裂開來。

她站在熊熊燃燒的房舍前，手上掐著男孩的頸子。

這次我認出來了，是在那時候，年紀還不大的阿斯利安，然後在她面前是受了重傷的王子和戴洛，四周圍滿奇歐妖精的戰士，殺氣騰騰地困住了女子。

「叛徒。」

休狄王子的臉上全都是血，張開嘴，只說出了這兩個字。

※

黑色的記憶散去。

我再次睜開眼睛，回到了原本的房內。

夏碎學長已經緩過來了，雖然臉色還是很難看，但似乎沒有大礙，反倒是一旁的千冬歲表情超級恐怖，活像放出去會把見到的人都咬成碎片一樣。

「發生什麼事了？」我看到門外、窗外完全變成黑色的，很像早上阿斯利安被黑暗包圍那時的狀況。

「有人激化了這座行宮的靈魂咒術。」千冬歲惡狠狠說道：「來得太突然，影響到我哥。」

啊，哈維恩的確說過擅常使用法術也很容易被法術影響。

「哈維恩？」不知道這樣有沒有用，我嘗試性地喊了下。都還沒做好心理準備，一抹黑影就從我附近閃出來，整個跟鬼一樣。

「請下令。」鬼影黑小雞隨傳隨到地等待我發落。

……我眞的很懷疑這傢伙是不是跟蹤我，還是在我身上做了追蹤的手腳。

「外面什麼狀況？」其實不用問他，搞不好我自己都能分辨。剛才確實有黑色力量聚集在一起的感覺。

「暗藏在那些咒術中的力量被激發了。」哈維恩回答道：「而且力量非常強大，照這種狀況來看，必定是有黑術士潛入，刻意把咒術整個擴大到極致——這是針對奇歐妖精下手，與你無關。」

黑小雞還眞是無時無刻地明示暗示我在旁邊看好戲啊。

「你讀取了對吧。」哈維恩冷不防迸出這句。

「你偷窺狂對吧。」我白眼這傢伙。

「無論如何，我都會以我選擇的主人爲優先，並付出全心輔助。」哈維恩恭敬地回答我。

不過他的言下之意就是他眞的有在偷窺。

……到底要等多久才會有人在意我的隱私和人權？

正想講點什麼，我發現哈維恩擺出高深莫測的沉思臉，所以我默默盯著他看，果然立刻引起他的注意力。

「……這力量似乎不太對勁，雖然說是被黑術士激化，但我先前就注意到，能如此使用靈魂咒術且長留這麼久不消散，就一名長期潛伏的年輕刺客而言未免過強。」哈維恩很老實地報告他的想法，「白色種族和我們表面看見的不同，這裡頭還緼藏有另一種黑色力量。」

「陰影？」不會吧？這樣又要搞多久才可以出發！

「不，不是，與其說是陰影……」哈維恩走到門邊伸出手，掌心穿進黑暗，「吾爲導讀黑夜之使，夜之歌謠爲吾所閱，黑之語言爲吾所啓。」

黑色物體搖晃了下，洩出了更深且具有惡意的氣息。

我靠！比起鬼族，還不如是陰影算了！

「鬼族？」

千冬歲整個人緊繃起來，把夏碎學長護得緊緊，就怕外面的黑暗進到房裡傷害他哥。

「沒錯，靈魂咒術裡藏匿了鬼族的力量……但發動者並未扭曲，所以只有一種可能。」哈維恩停頓了下，表情有些複雜地看向我，「這是黑暗的後裔，亡者的種族與鬼族混了血液，雖然沒有鬼族化，但卻身帶鬼族的毒素。」

「說人話。」我也很認眞地回了他三個字作爲感想。

「漾漾，這種狀況很少見。」意外地，回答的居然是千冬歲，「因爲某些事故，很有可能會造成種族血脈污染，正常來說會在當下扭曲成爲黑暗，但有一小部分卻不會有變化，污染會靜靜潛伏在血脈裡被傳承擴大，直到一個適當的契機才會完全爆發，最常見到的就是大量扭曲鬼族化，這時往往會犧牲整個部族，代價相當可怕。」

簡單說就像某種隔代傳染病？

「事故是……？」對了，在那個記憶裡，女孩好像有提過他們有什麼污名的樣子。

「戰爭最常見，戰士會泡在鬼族或者黑色種族的血裡奮戰，如果抵擋不住惡性毒素就會被侵蝕，所以戰後會有許多戰士被扭曲。」哈維恩很平靜地說道：「即使勝利了，也不算打完，必須回頭將這些被侵蝕的戰士消滅掉。」

「等等，打贏了……然後殺掉被侵蝕的人？」我愣了一下，從來沒想過這個問題。

在凡斯他們的記憶中我知道三王子被侵蝕了，但是他後來選擇離開，當時並沒有被「處理」，所以我也沒意識到其他戰士的下落。

曾去過的西丘，那些死去戰士的屍體很多看起來的確完整自然，不太像被鬼族殘忍殺害。

現在聽哈維恩他們這樣說，我重新回想後，突然毛骨悚然了起來。

「和千年前妖師一族發生的慘劇一樣，若不在當下殺死被扭曲的同伴、終止他們的時間，被侵蝕的靈魂會永遠消失。」千冬歲看著我，說出的話也變得小心翼翼，「白色種族之間的戰爭一直都是這樣，我們勝利，但是我們無法完全勝利，我們必須要有隨時抹除同伴的覺悟，即使是死，我們也要救回他們。」

對了，就像學長把我送走那天，摔倒王子毫不留情地要將學長徹底抹除。

我原本以爲這是公會的默契……

我吞了吞口水，連忙讓自己先冷靜下來，才不會又往不好的方向想。好幾次深呼吸後，我先按下胸口裡那股超級不舒服悶氣，「那這樣應該是光榮戰死，不至於污名化吧？」很確定那個女孩說的是污名，但如果她的部族是因爲打仗被傳染毒素，應該不會用污名形容吧。

「只是說戰爭比較常見，當然還有別的狀況。」哈維恩冷哼了聲：「例如和鬼族有私情。」

嗯……兩情相悅也不是壞事啦。

不過如果是因爲這樣毒素潛伏到後代，後代就眞的很倒楣。看來那個女孩應該比較像是這個……

「你們還要繼續說這些嗎？」哈維恩有些不以爲然，「既然有黑術士激發咒術，那就表示有黑術士混入行宮了，不覺得這比較嚴重嗎？」

是比較嚴重沒錯，但你可以不要用跟白痴說話的語氣提醒我們嗎。

「外面現在是什麼狀況？」我白眼哈維恩，問道。

似乎等我問等很久的哈維恩立刻回報：「咒術被激化之後正在迅速擴散毒素，現在外面全被覆蓋，如果這裡的奇歐妖精不夠強，可能會被毒素和惡意侵蝕。」

「抓到黑術士能解嗎？」我先問重點。

「無法，發展成這樣，只能毀去整個咒術。」哈維恩說著，補上一句：「不過剛剛來這裡時，我在路上有看見黑術士，砍了他幾刀，現在應該藏在某個角落重生中。」

你就不能好好地砍死嗎？

「黑術士原本就很難殺死，除非有精靈術士。」哈維恩直接猜到我的想法，回我，「你要我去找精靈術士，還不如我直接砍他幾刀。」

的確，叫黑色種族去找精靈術士不太對啦唉。

「千冬歲……」一旁的夏碎學長有些虛弱地開口：「我沒事，只是術法相衝，先把道路穩定好。」

千冬歲咬了咬下唇，乖乖移動腳步去旁邊打開陣法，不知道連結上什麼，法陣立即綻出光芒。

第一組走出來的是攙著阿斯利安的戴洛，後面尾隨著滿臉像要殺人的摔倒王子一隻。

說眞的，還是很難把他和那個縮小版的天眞王子畫上等號啊。

「阿利怎麼了？」夏碎學長想站起身，被千冬歲直接按回椅子上。

「剛才他在穩定那些四散的咒術，沒想到被黑術士襲擊。」戴洛憂心忡忡地將自家弟弟扶去椅上，開始幫他治療，「我和休狄趕到時，阿利雖然擊退了黑術士，自己卻也受了傷。」

「小傷。」阿斯利安笑了笑。

「別鬧了，安靜點。」戴洛不輕不重地斥了句，才讓他蠢蠢欲動的弟弟安分下來。

「其他人呢？」我看千冬歲的法陣好像沒有再吐出人的意思，開始擔心了，尤其是完全下落不明的五色雞頭，他這樣無聲無息讓我好害怕啊。

「萊恩和喵喵在行宮外，還有你那個學弟，我剛剛聯繫萊恩，要他們待在外面防止咒術擴散。」千冬歲張開手，掌心上出現縮小許多的地圖，「學長和式青很安全，西瑞我管他去死。」

……色馬不知道會不會變死馬，他努力要和學長獨處估計是嫌活太久了。

不過五色雞頭到底去了哪裡呢？

希望他人生道路不要迷失太遠就好。

「到這地步，你們該把咒術徹底消除吧。」

哈維恩打破了短暫的安靜，冷淡地看著阿斯利安和戴洛，「你們白色種族囉囉嗦嗦的，非要等到傷害擴大才想處理嗎。」

「還輪不到你一個夜妖精來說嘴。」摔倒王子也不客氣地把哈維恩噴回去，「黑暗種族沒資格干涉白色種族的事，滾遠點。」

說眞的，我覺得我也中槍了，不知道要滾多遠才行。

和哈維恩槓完，摔倒王子才轉向阿斯利安，「現在你沒話說了吧？」

「……」阿斯利安沉默了下，說道：「既然如此，你就盡量讓她好好離開。」

就連我都能感覺得出來阿斯利安好像很自責，似乎比他哥還要自責。這我就不懂了，就剛才女孩的記憶，其實看不太出來他們有多少交集，或許他們在別的地方見過幾次面，但這會讓阿斯利安介意成這樣嗎？

算了，畢竟我不是當事人，肯定不知道許多內幕。

「她不是你的責任。」摔倒王子突然冒出這麼一句話，讓原本有些喪氣的阿斯利安抬起頭，「從頭到尾都不是，本王子不需要外人將事情攬在自己身上。」

阿斯利安苦笑了下，「我的確是外人，才會造成當時那樣的後果。」

「我不是那個意思。」摔倒王子整個臉好像被屎砸到一樣，青白錯愕，「我是指這件事上你只是個外人，和你不相干……」

「低能。」哈維恩超不客氣地噴出兩個字。

「你這卑賤的種族，本王子不需要你在旁邊囉嗦！」摔倒王子整個怒了。

「能力高超的王子殿下，您大可不必紆尊降貴地將耳力放在我等黑暗種族身上，聽別人自言自語應是鄰里吃飽無事之人才會做的閒事，又或者您也已經到了姑婆年齡，不甘寂寞有所需求。」哈維恩一整串回送給摔倒王子。

老實說，哈維恩之所以這麼強，應該有部分也是因爲常常被人仇殺吧。這說話方式超容易得罪人的，回頭都不知道要被追殺個幾十幾百次。

摔倒王子完全暴怒了，出手就是要揍哈維恩，不過立刻被戴洛攔下來。

「先將外面的事處理掉吧，阿斯利安和夏碎身上還在抑制黑暗毒素，拖太久會有影響。」戴洛輕輕說道：「還有也爲了她好，到了這地步，好好地送走她吧。」

「……哼。」摔倒王子雖不贊同戴洛的話，但仍收掉要揍哈維恩的動作，轉向外面走去。

基於才剛偷看過女子的記憶，感覺有份責任，我也偷偷摸摸地跟到旁邊。

來到門口，外面的黑暗看得更加清楚了。這種黑我不知道看過第幾次了，外頭的景色完全被覆蓋掉，只有全然的深黑，乍看下好像我們進入了異次元空間，連天空和地面都很難分清。

「看來影響並沒有原先估計的大，太好了。」戴洛走到前面與摔倒王子並肩，接著抬起手，一絲藍光在他手上旋繞，接著藍光順著他的手勢飛入黑暗中。「希望她能願意再談談。」

「談什……」

摔倒王子的話還沒說完，周圍再度出現另一波帶有強烈惡意的力量感。那股力量到了門邊形成一人大小的球形黑色物體，散發濃濃的悲傷、憎恨與眷戀，這些濃烈的情感筆直地對向我們前面的戴洛。

「妳還是不願意放下呢。」

戴洛嘆息著。

像是在回應他，那團東西終於緩緩浮現出人形，就和我見過的一樣，是那名女人的輪廓形體，但已不復她當年美麗纖細的模樣，先不說身體大致由黑暗物體拼湊而成這部分，五官更幾乎模糊得無法辨識，只在臉上有著幾個黑色的深洞。

「我們兄弟已經做了我們能做的事，狩人的職責便是引導妳回歸光明的道路，進入安息之地，妳將會得到平靜與安睡。」阿斯利安掙扎著從椅子上站起身，慢慢走到門邊，被摔倒王子一把抓住手臂，不讓他過於接觸那團東西。「即使是百年，我也能陪妳等待，只要隨著時間流逝沖去那些冰冷黑暗，慢慢找回妳最初的樣子，不好嗎？」

黑色形體臉上的孔洞抽了抽，流出黑紅色的液體，以及混在其中的模糊聲音。

不……

殺光……

任務是奇歐妖精……

必須要、必須要……只要死了……

殿下就不是殿下……

「本王子就是奇歐妖精的王族，妳不過就是賤民，別再妄想什麼了。」

摔倒王子冰冷打斷形體的話語，不帶感情的字句就像凝上一層冰的尖刀，從他嘴裡吐出：

「哼，下等身分還陰魂不散，如果不是阿利和戴洛做梗，早該讓妳連灰都不剩。」

這話其實還滿惡毒的，我默默看著正在火上加油的摔倒王子，眞心覺得他的嘴一點進步都沒有，搞不好這個意念體或是鬼的東西就是因爲他的嘴賤而死不瞑目。

……

……

「像妳這種反叛者，還有什麼臉出現在本王子面前。」

摔倒王子揮開阿斯利安的制止，毫無溫度地開口：「當妳違逆所揹負的任務時，就已經註定該被世界排除。就算再怎麼變動，世界的基本運作還是不可扭曲，歸正這些，就是奇歐一族的責任。」

但是……

殿下你明明……

「閉嘴！妳已經沒資格和我再討論責任！」打斷模糊的話語，摔倒王子抬起手，散出危險的力量感，「如果不是戴洛和阿利要留妳一命，好讓妳的時間能再復甦，妳早就不該留存。」

所以……

依然還是狩人的問題嗎……

「阿利！」

戴洛幾乎和他弟同時有了動作，一前一後擋到最前方，拉出風壁，瞬間擋下整片炸出來的黑暗毒素。

摔倒王子揮開眼前的黑暗，冷冷看著發出哀鳴的詭異形體。

「我信任過妳，對妳被污染的血脈視而不見。我曾經認為那些都不會影響什麼，既然世界賦予妳這樣的生命，那必然有世界的道理……我曾經這麼想。」摔倒王子握起了拳，「然而破壞這一切的不是別人，也不是戴洛和阿斯利安，而是妳，妳親手毀掉證明自己和妳族人的機會，不要再把錯推給別人，最應該消失的就是妳。」

不，我只是……

黑色形體的話還沒說完，摔倒王子一個箭步搶上前，右手掐住形體的頸子。

他的語氣異常森冷，就連站在房內的我都能感受到那種沁骨的寒意——

「多說無用，徹底地死去吧，娜塔莉。」

第四話　刺殺

黑色形體發出淒厲的悲鳴。

「休狄，快退後。」戴洛架住摔倒王子，將他扯回房間內。

帶有毒素的血腥氣息從女性形體中爆射出來，就連我都清楚明白，這個靈魂意識開始扭曲了，接下來，就是鬼族化。

所以，這就是她想要的嗎？

「妳想要這樣嗎？」

阿斯利安看著異變的亡靈，遺憾地開口：「徹底將自己交給鬼族，不再回到這個世界嗎？」

我現在只想要全部人都死。

形體發出純粹惡意的尖叫聲，整個拔高逐漸轉變成異樣的形狀。

「沒辦法了。千冬歲，來吧。」後頭的夏碎學長抽出符紙。

「哥你不要太勉強。」千冬歲皺著眉頭，也取出三角形的符，越過摔倒王子和阿斯利安等人，「你們想要救她，這狀態根本無法溝通，換我們吧。」

「別插……」

「神諭之所降靈，輪不到奇歐妖精來管。」

大概是因為牽連到夏碎學長出手，千冬歲的語氣也沒好到哪裡，直接打斷摔倒王子的話，一甩手，符紙已射出在黑色形體四周，快速拉出基礎方形光，「降靈。」

黑暗的天空撕裂開來，露出了像是曙光般的明亮，從裡面傳出一股和之前在海上感到的很相似的氣息，但並沒有當時的不善，反而帶了些濕潤的水氣與寧靜的感覺。

「黑龍王。」千冬歲吟唸了一長串我基本上完全沒聽懂的術歌，直到周圍空氣濕漉得沾染了衣服，他才停下，「不潔亡者，顯露容顏，水氣洗淨，重返地界。」

夏碎學長在吟唸結束的同時鬆開手，符紙瞬間被白色火焰燃燒，眨眼連灰燼都不剩，殘煙則熏染出淡淡的香氣，拉出一道細長繩狀般的白色小煙；小煙像是有自己意識般抽長開來，順著氣流流向向前游動，就這麼往異變中的鬼族身上環繞。

接著，鬼族異變竟然開始減緩了。

雖然還是在扭曲，但速度慢了很多，而且那個女性的形體居然逐漸轉回人的模樣，退去黑暗，慢慢出現正常的肌膚顏色。

「雖然無法解除鬼族化，但可以短時間抑制。」夏碎學長看著摔倒王子，勾出不容反駁的笑容，「既然這不是阿利的責任，那麼就應該由您自己徹底與對方說清楚，不是嗎。」

摔倒王子被夏碎學長這麼一笑，也不見抗議，雖然臉還是很臭，但也乖乖地再次走到已經恢復面容的女子前面。

「妳，自己明白所有的事情。」摔倒王子看著女子，慢慢說道：「娜塔莉，妳的血脈先祖曾與鬼王貴族走在一起，致使你們後代血脈遭受污染，這原本就和妳無關，也不構成妳必須背叛的理由。」

這次王子的語氣變得柔和很多，似乎拔掉了所有尖刺，很認真地思考過話語，然後繼續開口：「那時候，只是妳想逃開血脈，我想逃開責任。但是世界不是這樣運行的，只要長大，就算沒有狩人替我們指引道路，我們也會明白世界任務的重要，這些事情，並不是我們想要捨棄便能捨棄的。」

隨著王子的話語，女子的記憶再度順著黑色的力量傳遞過來。

我看了哈維恩一眼，後者挑挑眉，大致上就是隨便我的意思……隨你個蛋啊，傾聽黑暗簡直沒隱私啊！

不過這次大多是零碎的片段，很大一部分是少女陪著縮水版王子遊玩的開心記憶，隨著黑暗力量和剛才的聯繫一直傳遞到我這邊。

然而我不得不說，這看起來超級像跑馬燈的，讓我覺得也好不吉利啊！

接著，一幅黑色的畫面冷不防出現了。

黑夜中，少女不知第幾次因爲自己的血脈感到傷心恐懼，想要離開，接著出現了「那個人」。還沒進入行宮前，「那個人」便已藏身在黑暗裡，對著他們一次次重複訴說著只要誅殺王族，就能讓他們的血脈成爲正統，污染之事再也不會有人知道。

所以她是作爲刺客被送到王子身邊的，只待時機合適，開啓毀滅的大門，此後就不再有正統的奇歐妖精。

……

……

等等。

打開大門？

地獄大門嗎？

爲什麼突然有馬上會發生不得了事情的感覺？

「我勸您別再亂想有的沒有的了。」哈維恩的聲音從我的腦袋旁邊傳來。

「欸？」還沒意識到他的意思，一股鬼族的氣息再度爆出，不只從正在異變中的女人身上，而是整個奇歐妖精的行宮各處都炸出了。

……

……

對不起我錯了。

整座行宮力量都在震動的同時，千冬歲的術法有部分也被影響而遭切斷。

那些快樂記憶瞬間變色，而且都變成異常的血紅色，就像在記錄開心時光的照片淋上血水般地駭人，女子的模樣又漸漸染黑。

「黑術士果然還在搞鬼。」哈維恩擋到我面前，快速分析了變動的力量，接著轉向摔倒王子，「她反叛那時候是不是曾打開黑暗的門？這上面殘存的是未用盡的力量。」

「娜塔莉那天的確開啓了鬼門。」戴洛甩出好幾個術法，將女人再次固定在原地，控制住她的變化，「我們在她做進一步動作前就擊潰她了，同時強硬地封閉正要打開的鬼門。」

「黑術士正在重新開啓銘刻在她靈魂上的鬼門通道，必須先把黑術士找出來或是停止施術。」哈維恩看了我一眼，很顯然不想在這種時候離開。

「我……」阿斯利安正要開口，立刻被打斷。

「太危險了，我去找，阿利你和千冬歲還有休狄先一起重新建立行宮大結界。」戴洛迅速決定分頭處理，且語氣強硬得不讓他弟回絕。

眼前狀況危急，看來他們在這種時候會有默契地以袍級的階位作爲指令優先服從的判斷，所以阿斯利安沒有反駁，一點頭就和摔倒王子準備承接下戴洛防禦的部分。

「嗯……？」戴洛正要快速離開，卻突然有些警戒地看向天空。

跟著戴洛的動作抬頭看向外面，不知道是不是我的錯覺，我隱約好像看見行宮上方出現暗淡的巨大圖案，像是一朵以枯骨拼成的花朵，雖然影像很淡，但可以看出骨花扭曲猙獰的型態，說眞的，讓人相當不舒服。但是戴洛好像沒看見似的，並未對詭異圖案做出任何反應，僅僅露出疑惑的表情。

「哈維恩。」我再度往上看了看，哈維恩也看向上，然後視線停在那個大圖案上，「這什麼？」

「你們看見什麼？」戴洛重新看了上方，疑惑地轉向我們。

「……白色種族通常看不見，這是同盟召集。」哈維恩語氣一沉，嚴肅地開口：「黑色種族的同盟召集。」

「黑暗同盟？」一說到同盟我只想到這個，黑暗同盟加上鬼族再加上黑術士殺手……突然不想解了，讓摔倒王子他們慢慢去磨算了。

「不是。」哈維恩否認了我的想法，「正確地說，這是黑色種族的世界同盟印記，等同於白色種族遭到襲擊時，結盟者會放下所有歧見優先聚集到此處，同心協防災禍。」

喔，所以是緊急動員令的意思，懂了……不對啊！動員令出現在這邊不對啊！這是要滅掉綠海灣的意思嗎！

爲什麼一個刺客身上要放這種東西！

……

……

仔細想想，她要毀滅奇歐妖精王族，放這種東西好像也相當正常。

「先消除掉再說，否則一旦動手就會造成大規模開戰。」哈維恩從脖子上取下一條項鍊，之前都藏在衣服裡所以我沒注意過原來他有戴這類飾品。

那是條看似不太起眼的項鍊，鍊身是很普通的皮繩，鍊墜則是一塊深黑色的石頭，黑得相當純粹，這種顏色我之前在陰影那邊看過，但上頭並無陰影的力量感。

哈維恩掐碎石頭的一小角，黑色粉末在他手上浮空迴轉了一圈，接著向上方射去，穿透骨花的圖案。

那瞬間，我的後頸抽痛了下，像是針刺般的痛逐漸轉爲銳利，然後鑽進後腦擴散開來。突如其來的疼痛讓我沒時間做出反應，整個人眼前一黑，差點跪到地上。

「這是來自我等結盟者的請求嗎？」

低啞的嗓音自上方響起。

我抬起頭，看見前方毫無預警地出現一名全身穿著黑紅色長袍的女性，蒼白的面孔上是陶瓷玩偶般的精緻五官，黑紅色的細長瞳眸毫無感情地與我冰冷對視，比墨還深暗的長髮和她整個人一起飄浮在空氣中。

赤裸著白色雙足，女人就這樣在空中看著我。

「這是來自我等結盟的協助請求嗎？」女人黑色的雙唇再次開闔，聲音極其低沉，身上散發著相當強悍的黑暗氣息——鬼族的氣息，而且根據力量感，恐怕還是個什麼高等鬼族。

有那麼一瞬間我整個頭皮發麻，但很快冷靜了下來。

雖是鬼族，但這個女人並沒有任何敵意，雖然冰冷，卻無血腥殺戮的感覺，傳遞來的意念不甚友善，也沒有太強烈的惡意，所以我很自然地抬起手，制止身後要撲上去的哈維恩。

「這是陷阱誤觸，沒有人請求協助。」這話講完我都佩服起我自己了，居然可以這麼冷靜地說出人話。

「誤觸？」

「對，就和總是有人會按到防火警鈴一樣的意思。所以這個也是不小心誤觸的，我想您肯定可以看得出來這個設置不是最近的，所以久了就會不小心壓到，讓您白跑一趟眞的很抱歉。」這名鬼族看起來就是一臉講理樣，我很努力地先講鬼話試著說服看看。

「妖師，這種開玩笑的話，別的鬼族可不會聽。」

莫名地，女人並沒有發怒，而是緩緩勾起唇角，「雖然到來之前我已斬斷道路，然而依舊召喚來不少結盟者，如果是陷阱，或許此地的妖精多少還是必須付出血的代價。」說著，她抬起白色的手指，黑色隔離結界外傳來各式各樣的打鬥聲，還有不斷從各處傳來的黑色力量感。

光是站在這裡，我就可以嗅到源源不絕的血腥味。奇怪的是，這次並沒有很反感的感覺，而是有某種自己也說不上來的奇怪念頭，仔細要想又想不出個所以然。

「我所侍奉的主人不希望引起此地的殺戮，是否能協助我們關閉最後的召喚？」哈維恩這次語氣變得謹慎許多，手也還按在兵器上，相當防備。

女人張開了手掌，「由誰交付這次中止請求的物品？若不給予同價值之物，恐怕難以令其他正準備行動的部族平息。」

哈維恩毫無猶豫地將項鍊剩下的部分交給女人。

「這些夠了，但已經到來的不在我能幫助的範圍。沉默森林的夜妖精，所剩必須由你們自行處理。」

「可以。」哈維恩點點頭。

「那麼……」女人往我這裡看了一眼，「我等期待之後你們的到來。」

「什麼意思！」我還沒反應過來，女人突然在我眼前消失，而上方的骨花圖案也被消抹得一乾二淨，彷彿從來沒出現過。

黑色屏障退去，外面已經打成一片了。

大量低階鬼族充斥整座行宮，混亂到最高點。

「看吧，就說別亂想。」

可惡的哈維恩還有心情吐槽我。

※

鬼族女人散掉了大半黑暗屏障，外界幾乎完全恢復光亮。

我還沒腹誹完哈維恩，突然有兩三個東西咚咚咚地被扔在我們前面，差一點撞翻正要抓緊時間去逮人的戴洛。

來不及看清是什麼，哈維恩就像看見骨頭的獵犬一樣整個撲上去，而且不只哈維恩，連戴洛和千冬歲也衝了上去，短短幾秒，那三個東西完全被制伏了。

混亂過後我才看清楚，其中兩個混帳穿的就是黑暗同盟的斗篷，身上還有黑色邪惡的氣息，第三個則是全身黑衣，壓根看不出來是哪方的人，不過千冬歲很快就從他全身搜出超級多凶器，還有毒藥和各種殺伐惡咒的符紙，直接判斷出他高級刺客的身分。

「果然來了，而且與黑術士一起合作。」戴洛看著那兩個被活捉的黑術士，表情相當擔憂，「『那些人』果然還是在繼續下手，竟然已經和黑暗同盟聯手了嗎……」

「無所謂，讓衛兵去處理。」摔倒王子反而還比較沒那麼在意刺客。整場鬧劇過去之後，他再度把視線放回半扭曲的女人身上。「那時候沒來得及問清楚，你們究竟爲什麼敢對整個王族不利？」

女人突然笑了。

因為希望。

「希望？」

我們有機會能夠洗淨血脈的污染。

只要滅除掉所有正統王族，就能夠利用奇歐妖精的資源，讓我們重新回到正軌。

這個世界可以讓我們恢復名譽，重新接納我們。

「說什麼夢話！奇歐妖精根本沒有這種能力，也沒有這種資源！」摔倒王子罵了句，「如果奇歐妖精可以洗淨鬼族的毒，戰爭時就不會損失那麼多優秀的戰士！」

他說的沒錯，如果有這種力量，他們就不會這麼傷腦筋了。

……殿下啊，你依舊天真。

而且，我的任務也還未結束。

女子整個炸開來時，摔倒王子前方正好凝聚了大片風牆，將鬼族毒素完全排除，一點也沒有沾染到摔倒王子身上。

鬼族毒素簾幕被揭開，出現在眾人面前的是完全扭曲的惡靈。

大量憎惡邪氣聚集在惡靈身上，使原本早該離開世上的靈魂重新聚集出替代的軀體，一片接著一片的黑色血肉不斷賁張而出，急速拼出黑色又醜惡的異族形體，讓原先飄忽不定的意識正式復甦回到世界。

如果那時候我們能一起死就好了。

惡靈張開深黑色的口，源源不絕的劇毒自她喉嚨深處湧出。

「別再說那些夢話。」

摔倒王子抬起頭，臉上已重新出現我最熟悉的那種表情——不屑世間萬物的高傲自我。他張開手，空氣中串連出大量火花，像張網子密密麻麻地將惡靈包圍起來。「身爲奇歐妖精，我們的任務是歸正世界，違反世界歷史運行的存在理當徹底消失。」

您的能力我最熟悉不過。

不就是燃燒粉碎那些有形物體嗎？

許久之前，您曾徹底地展現這份力量呢……用我的生命，那時候您還會爲我而痛苦呢。

但是，那殺死我的力量，對我的新身體已沒有用了，這等姿態再也不會害怕你的焚燒。

「是嗎？」摔倒王子冷冷笑了。「那麼，妳肯定眞的從來沒有認識過我。」

跳動的火花瞬間熄滅。

沒有爆炸，也沒有火焰，甚至連死前的喊叫聲都沒有，原本氣勢洶洶的惡靈突然跪了下來，仰著頭，用紅色的眼睛死死瞪著摔倒王子，莫名其妙就像一盤散沙似地完全崩潰，變成一大攤黑色沙土，幾秒後以黑藍色的微火細細燃燒，直到連最後一絲灰都沒有剩下。

我看見阿斯利安轉開頭，滿臉不忍。

摔倒王子這個殺招幾乎毫無聲息，我根本不知道他怎麼出手的，一個鬼族活生生就這樣連灰都不剩，到底是發生什麼事？

「你們給過她機會，是她自己不要的。」摔倒王子甩開指尖上殘存的冰冷殺意，不帶感情地說道：「她早就和我們不一樣，記好吧……她不是那個人了。」

看著摔倒王子，其實我也覺得有點寒意。

所謂的種族任務能夠做到連一點情分都沒有嗎？

上一秒還在回顧開心記憶的鬼族，下一秒連靈魂都不剩。這種畫面，即使是毫不相干的我，看著都覺得心塞。

雖然有這種感覺，不過眼下還有更重要的事情。

外面的奇歐妖精已經開始重建剛剛被震動的行宮結界，而裡面的我們，現在面對的是鬼族女人順手丟給我們的兩個黑術士與刺客一名。

我看著摔倒王子，突然覺得這些不用我擔心了。

反正在人家的地盤上，所有的決定都交給主人去處理吧，路人就做好路人的工作。

想想，還眞輕鬆。

「漾漾！」

「學長！」

行宮警報一解除，大老遠我就看見兩抹身影朝我撲過來。

於是我眼明手快地躲開了最矮的那個，然後讓喵喵抱個正著，衝刺過頭的好補學弟則是帶著他強大的衝撞力直接撞進地板裡，還硬生生撞出一個超級大洞。

無視那個洞，我從喵喵的懷抱裡退出來。

「沒事吧。」喵喵拉著我上看下看左看右看，真沒給她看出點什麼她才鬆了口氣，然後告訴我：「剛才行宮爆出鬼族氣息，綠海灣整個警戒了呢，幸好很快就消除。」

想著那個被捧倒王子完全消滅的鬼族，我就覺得心裡好像卡了什麼。雖然明白摔倒王子這樣做的道理，但是就像先前阿斯利安說過的，他實在是……

不能說他錯，卻也很難接受。

「我沒事，夏碎學長和阿利學長可能需要妳。」他們兩個都被鬼族毒素傷害過，剛剛黑暗力量的震動似乎多少引起了舊傷，我看千冬歲和戴洛的表情一直都有點難看，不知道影響會不會很嚴重。

「好，喵喵過去。」雖然看我沒事，喵喵還是有點擔憂地往我嘴裡塞了某種像糖果的藥物，才風風火火地往大家暫住的院子跑。

「學長學長，我也要幫忙嗎？」從洞裡把自己拔出來的好補學弟連忙問。

「去幫忙。」

話才說完，就看到這條人參像狗一樣飛速追著喵喵而去。

好不容易讓兩個擔心過度的傢伙先離開，我回過頭，看見萊恩在原地盯著我看，因爲他沒什麼表情，我也實在看不出他的想法。

而且被打開一部分力量之後，我才發現萊恩這個人幾乎完全沒有黑暗的部分，他三百六十度無死角，完全沒有一丁點邪惡，所以我無法搭上黑暗力量去感覺一下他。

聽說他和我一樣是從原世界過來的普通人類，這未免也太不對勁！

普通人類不就是全天下最多邪念的生物嗎？太乾淨了看起來反而超級異常呀！

至少要對飯糰起個邪心邪念啊！

「……？你在找什麼？」

就在我考慮要不要找個飯糰扔出去時，萊恩突然先開口：「歲以前也這樣搜查過，我不喜歡。」

「呃，對不起。」我以最快速度把還不是很熟練的力量收回來。

「嗯，沒事。只是我不喜歡。」萊恩又說了一次，讓我確定他眞的很討厭別人窺探他，否則萊恩一般不太會有什麼反應。

但是他怎麼會完全沒有黑色的想法？

喵喵和夏碎學長他們周遭都環繞一圈保護自己的結界力量，所以我不敢隨便亂試，反而是沒有多少結界保護的萊恩讓人看不出個所以然。

太單純嗎？

「我先去歲那邊了。」萊恩打了個招呼，便消失在我面前。

所以他到底是怎麼回事？

看來有機會要問問哈維恩了。

「漾～」

才剛送走一個心無雜念的，就來一個完全相反的。

不用探查，也可以知道這傢伙全身上下都是邪惡雜念。

「你剛去哪裡？」行宮被黑暗覆蓋都沒看到五色雞頭瘋了似地上跳下竄，這比萊恩沒邪念還要不科學。

「嗯？之前不是說要去好玩的地方嗎？大爺我回了一趟空間通道。」五色雞頭說著，就掏出一個小小的灰色東西給我看。

「這是？」看起來不像人骨，好像是什麼礦石的碎片，但摸著又有點怪怪的感覺，不知道他怎麼挖出來的。

「黑暗同盟的力量殘片，被空間通道壓縮了。」五色雞頭邪惡地笑著，「本大爺發現好幾處，那些黑暗同盟也有在偷用空間通道，不然就是能用空間通道的人，是黑暗同盟的間諜。」

我覺得如果這樣事情就超大條了。

所以那些流竄到商店街周遭的盜匪其實很可能就是黑暗同盟？利用這種方式偽裝身分混進學校附近嗎？而且沒有被察覺？說好的超強防盜術法呢？

這黑暗同盟究竟是？

「大爺還找到好幾個破洞，那些傢伙還眞挖了不少小路，有的通往很有趣的地方。」五色雞頭抛抛爪子上的力量碎片，超邪惡地一臉不打算通報出去。

我看著五色雞頭，默默地轉頭離開。

「漾，你要幹嘛？」

「打小報告。」我要去告訴千冬歲那個情報班，這樣整個公會就知道該去哪裡補破網了。

「喂喂喂，大爺還沒玩夠啊！大家同是黑道中人，要守望相助！消滅世界大同！」

誰跟你黑道中人！

你才黑道中人！

「至少再給大爺多玩幾天啦～」

「一天都不行。」誰知道繼續讓五色雞頭這樣鑽來鑽去，那個空間通道會變怎樣。

「你個黑道裡的白道！」

「感謝稱讚。」怎麼聽都是稱讚啊這句。

「……」

五色雞頭對著我，無言了。

第五話　殘存的思念

娜塔莉的事就好像微不足道的鬧劇插曲一樣，立即沒人再提了。

只是那天大家都各有所思，加上後續行宮裡清除鬼族花了好一番工夫，大部分人異常靜默，就這麼到了啓航的時間。

因爲公會的通緝已經解除，所以我們很大方地不再僞裝，直接到了奇歐妖精的王族專用海港。

不是我要說，王族用的果然不一樣，不但佔地廣大還三五步就設置舒適的休息區，一眼望去除了重重衛兵森嚴戒備，幾乎看不到小貓兩三隻，除了我們這一大群人，以及已靠岸等待啓航的古代船隻……是說直接開著幾千年的骨董眞的沒問題嗎？雖然他們解釋過要同時修復還可以走精靈航道之類的，但骨董這樣開眞的沒問題嗎！她眞的不會一遇到風雨就瞬間解體嗎？

我默默有點緊張，但爲了不沉船，只好強迫自己先轉移注意力，免得本來不會沉被我害到會沉。

除了狀況外的薇莎和鯨，我們這一群人裡心情最好的估計就是五色雞頭和莫名瘦了一圈的色馬，那馬眞不是我要說，明明才一、兩天沒特別注意他，他整個馬好像減肥了一個月一樣。

「啊～與美人共度白日悠悠時光，眞是馬生最大的幸福。」腳步虛浮的色馬腦內充滿粉紅色電波，雖然電波有點不穩，不過還是桃花片片飛舞。

不是我要說，你再這樣鼻血流下去會連你的生命一起流掉的！

反觀另一邊，戴洛正在對自家弟弟各種殷殷相勸，大致上就是保護好自己不要太勉強不要再暗算哥哥不要再拉著狐群狗黨陷害黑袍還有出門要吃飽小心感冒之類的話，背景則是散發著高傲又凶惡氣息的摔倒王子一枚；不過戴洛講到一半想到也會轉頭對王子說兩句，大致上就是把和他弟說的再重複一次給王子，形成一幅很操心的畫面。

「哥，你眞的……」

「我會依我的想法做完。」

這邊也一對操勞的兄弟黨。

我看著仍試圖想把夏碎學長勸回去的千冬歲，覺得他也眞是千百個不容易了，繼續這樣下去他恐怕會老得比他哥還快。

「褚冥漾！」

就在我想確認一下喵喵他們是眞的想跟著來亂……來幫忙還是怎樣時，突然有人喊住我，回頭一看，居然是商隊的疾風，旁邊還跟著天華樹。

他們出現在這裡不讓人意外，這次的相關人士似乎都受到王子的庇蔭，分別得到了一些方便的憑證和權利，讓他們未來在綠海灣進出會比先前還要方便，這讓我對王子的大方程度有點改觀。我本來以爲摔倒王子不會把這類事情放在心上，反正他家他最大，其他人離開了就和他無關之類的……沒想到他會針對不同人個別替他們做憑證。

「我受人之託帶了口訊給你。」疾風和其他人打過招呼後，示意我稍微離人群遠點，並放下隔音的術法。因爲這份愼重，讓喵喵等人往這邊看了幾眼。天華樹確定好安全後，疾風才繼續開口：「冒險船的船長因爲無法直接聯繫上你，透過管道找上我們，他殷切期望你在處理完手邊的事務之後能夠和他聯絡。」

啊，我眞忘記這件事情了，明明才有人和我講過。

不過奇達嘉到底找我幹嘛？

天華樹走過來，似笑非笑地盯著我，「你們這次事情鬧得其實不算小，紫袍和『須封口的學生』擺了公會一道逃逸，在燚之谷似乎有些事情被狼族完全遮蔽消息；更別說有黑暗種族同行，之後又捲入消失的黑袍任務當中。做此一切之後卻有大量袍級爲你們做保，所以外界多少有些傳言，傳成怎樣嘛……就算了，不用聽太多。」

不，我超介意傳成怎樣的，這關係到我未來數十年的人生發展與安定生活。

「綜合以上種種，公會目前已經追蹤到有黑市開始交易『黑色種族』的消息，有些人正在販售妖師的訊息，但全都被證實爲虛構，還沒有確切的不利資訊。」天華樹面色一凜，語氣非常嚴肅地說：「與你同行的夥伴們似乎過於保護你，但我認爲你應當知道嚴重性，這也關係到黑色種族的存續，例如你身邊的夜妖精。希望接續下來的路途上，你能做好相當的覺悟，在外面並不比學校。」

黑市嗎？

哼……我覺得一點也不意外。

妖師在漫長的躲藏歷史當中，怎麼會少得了這一環。不就是因爲情報的流通才會造成我們一族很多傳承都來不及進行就被消滅或利用嗎？

我們……

……

……

「？」我剛剛在想什麼？

有那麼一瞬間，我的想法不是我自己的想法，讓我覺得毛骨悚然，然而另外兩人似乎沒有察覺。

「怎麼了嗎？」天華樹看我突然陷入沉默，疑惑地瞇起眼睛。

「沒事，黑市我會注意的。」然和冥玥應該都知道這事情，他們身分並沒有曝光，看來是我得特別小心了，再怎麼說，學院裡知道這件事的人太多了，難保沒有人會拿去賣，還有公會，白色種族會徹底保護黑色種族嗎？

以前的我或許會傻傻地認定，但現在我並不確定，我無法相信所有人會眞心誠意保護黑色種族。

「嗯，另外船長託我們將這件東西交給你。」疾風想了想，取出一個小盒子，「如果可以，就麻煩你轉交給族長，並請代爲向他問好。」

族長？

我看著接過來的盒子，看起來相當普通，就是個巴掌大的小木盒，外觀是素面的沒任何雕刻，散發細微的木頭香氣，但年代應該很久遠，盒子已經相當老舊。

刻意把這種東西交給妖師族長嗎？

想想，奇達嘉沒理由害我，我就先把盒子收起來，準備找時間傳回給然。

「對了，我想打聽一件事情。」看他們差不多說完了，換我開口詢問一旁的天華樹：「被送至你們那邊的黑暗同盟，你知道他後續怎麼了嗎？被轉交到哪裡？」儘可能地，我用不解的態度發問。

天華樹皺了下眉，但還是老實地告訴我，彷彿這事完全不須保密。

「那位黑色種族的朋友已經回歸主神的懷抱，或許在安息之處，他能放下一切執著仇恨，安心地沉眠。」

天華樹和疾風離開後，五色雞頭靠了過來。

「你們剛剛在講什麼小祕密啊？」

「沒啊，上次那個船長好像有事情找然。」我想了想，其實沒什麼好隱瞞的，就把轉交物品的事情告訴五色雞頭，不過沒說黑市的事。我怕他知道後不是火上加油，就是要拉著我去毀滅黑市。

五色雞頭果然對轉交的請託感到很無聊，聳聳肩懶得繼續追問。

看他只是想聽八卦，我乾脆把映河七葉找麻煩的事情順便說了一下，五色雞頭的臉從一臉無聊升級爲滿臉興奮。

「漾～這種好玩的你應該早說嘛，大爺想揍他們很久了。」五色雞頭躍躍欲試地盯著我，

「哪時候要去蓋布袋？」

我就知道跟他說了之後映河七葉會倒楣，不過她也應該要倒楣一點了。

「改天有機會。」我深沉地等待映河七葉被蓋布袋的那天，而且在此之前她還要天天倒楣，例如喝水被嗆到、走路被破損地磚絆倒、睡覺被跳蚤叮到……就是要讓她倒楣到火氣大，但又不會很慘。

敢拿什麼世界來威脅我，真是吃飽撐著！

這麼一想，劈里啪啦他們還比這些人可愛多了，至少他們不屈不撓地用自己的肉體來撲火，不是用心機想要害別人。

「漾～」五色雞頭突然往我肩膀上一搭，「你蓋，大爺揍。」

「……」還要分工合作的嗎喂。

五色雞頭正打算繼續鬧騰，另一道聲音直接打斷他。「如果沒有特別的問題，或許兩位可以準備登船了。」

哈維恩直接隔開我們，老實不客氣地插在中間，活像正宮在驅逐可能成長的小三，「公會與海上組織暫時修復船體，使其能用最佳狀態航行，這段期間所有搭乘袍級都接下協助平衡船內術法的工作，我想您應該會很有興趣。」

「所有袍級？」

「是的，因爲古船……特別是如此知名的船隻上頭搭載的術法非一般人能修復，海上組織與公會的袍級大多接受過相關訓練，所以在場您認識的袍級都接下工作，作爲此次航行與海上組織幫助的代價；另外海上組織也會派出專業船隊使船隻能正常運行，你在船上的時間看見其他船員請不要大驚小怪。」哈維恩雖然講得很認眞但是我很想揍他。

我看起來像是遇到多出來的船員會大驚小怪的人嗎！

隨便想也知道要開這麼大的船他們肯定會再找人來的，總不可能叫我們這票人自生自滅自己想辦法開吧。

……雖然我覺得他們也辦得到就是。

「另外……」哈維恩有些猶豫地停下，然後盯著我看。

「啊，晚點再說吧，先上船了。」我看五色雞頭好像又想要找哈維恩抬槓，怕他們等等直接在港口打起來，於是拽著五色雞頭先往其他人聚集的方向走。

就如哈維恩所說，靠近時可以看見船上已有好幾名船員正在做最後的準備，已經收拾過的古船現在看來嶄新如初，比我先前剛見到時更有壓迫感。雖然用這樣形容一艘船很奇怪，但這艘古商船確實散發出不亞於正經黑袍的強大魄力，以及強悍的力量感。我這種外行人一看就知道惹到這船非死即傷，更別說是其他人了。

不過，現在的我也看得出來，這船並沒有處於最佳狀態，雖然可以航行也很有氣勢，但是也就僅此而已。

太可惜了。

※

再次踏上商船，一踏進登船口就能感受到船上變得更加明亮，被拂去一層帷幕的內部壁畫比先前更加多樣且清晰，雕刻也更立體乾淨。仔細一看，有許多敘事圖樣，看來在船上的時間不會太無聊。

我偏過頭，看見長廊轉角處有抹黑色影子慢慢消去。

「漾～要去找房間嗎？」五色雞頭搭住我的肩膀，踢開衝過來的好補學弟，「我們去找最大的兩間！佔地爲王！」

你也知道你是佔地爲王嗎。

「學長！我們也可以一起佔！」好補學弟不死心地衝過來抓住我的手，報名要當山大王。

「船上開放的客房層都可以使用喔，大家不用客氣。」薇莎笑咪咪地走過來，說道：「至於那位沉睡的客人，我們已經先請公會協助打開精靈客室，恢復內部的術法運作，我想應該不會有問題。」

沒想到他們還處理了學長的問題，我有點感謝地看著她。

之後就被五色雞頭拽著眞的去找了兩間還不小的房間，幸好他沒有找什麼人煙罕至的偏僻角落，反而附近就住著千冬歲他們，還有幾個公共休閒起居廳，看起來滿方便的。

五色雞頭鬧了一輪以後，他才心滿意足地離開去探險，接著再把好補學弟趕出房間，整間房終於安靜下來，船也已經駛離綠海灣多時。

確認附近沒有其他人的氣息後，我才放鬆下來。

「所以說，結果如何？」

隨著我的詢問，哈維恩從陰影處走出來，完全沒有任何存在感，如果不是我猜他應該會自己找地方躲，我也眞沒發現他在房間裡。

「雖然麻煩了些，不過還是辦好了。」哈維恩恭敬地說道：「不過何必去管白色種族的事情？」

「……因爲是認識的人啊。」再怎麼說，不管是哪一個都幫過我吧。以前太白目不知道該做什麼，現在或許在自己的能力範圍內能做些什麼。

「你如此對待白色種族的人，未來他們是否會同等對你呢。」哈維恩邊咕噥，邊取出一枚黑色清透的珠子，雖然外表看上去沒什麼，但隱約能看見上頭纏繞了一圈淡淡的憎恨與思念。

「你自己不是說過世界一開始沒那麼多界線嗎。」我往旁邊椅子一坐，發現桌上已準備好茶水糕點，按照他們服務周到的慣性，衣櫃裡估計也有可替換的衣物了吧。「那麼，種族一開始也不應該會有太大界線。」

「然而這並不是以前的世界，我們都必須要防備可能的傷害。」哈維恩將手按在珠子上，從他的指縫間慢慢滲出黑色霧氣，逐漸在空中聚集成淡淡的人形，「雖然已經儘可能收集了，不過被毀壞的部分相當大，幸好在衝突發生前就有做好準備。」

我看著從黑霧裡浮現出來的臉，比早先時候劍拔弩張的凶惡貌好很多，現在看起來比較柔和，雖然仍纏繞著滿滿不甘的怨恨。

即使只剩下殘破的飄散意識，還是能聽見她的低語。

說起來，我好像從來沒想過最早那時候我遇到的女鬼，之後是不是去了更好的地方？或者像這樣意識破碎地四處飄散，無人聞問。

太多事情，真的沒有回想過。

雖然遲了，現在的我希望當時的她能夠好好回到她應該去的地方，不再受到傷害。

「妳還想要做什麼？」看著緩緩睜開眼睛的女人，我隨口問了出來。都已經被摔倒王子罵成這樣了，她到底還在堅持什麼？

黑霧般的眼睛看向我，估計是知道不能在這裡搗亂，這次她很順從地幽幽開口，聲音飄蕩空靈，像是能隨便一口氣吹散般。「我只是想……」

接著，她沉默了相當久，也或許是她的意識太碎，讓她沒辦法很立即地表達自己的意思，我和哈維恩等了好一會兒，才繼續有了聲音，不過並不是回答。

「為什麼必須生為被污染的黑暗種族……」淡淡的詢問，以及哀怨的眼神，已經流不出眼淚的殘破幻影說著不甘的話語，「我們應該身為白色種族，不須躲藏，平等生活……」

「身為黑色種族也不須躲藏。」哈維恩冷冷開口：「我以我們所流的血為傲，黑色種族又如何。」

「你真認為能活得如此坦然？那些指指點點……」

「我與我族坦然存在於世上，不論身為黑暗或光明，我們皆以自己為榮，管旁人說什麼，碎嘴者讓他付出代價就可以了。」經常讓別人付出代價的哈維恩理直氣壯地回應女鬼的話，

「即使並未被世界接受，但我等仍接受自己並做出改變，連自己都不認同自己者，並以此為藉

口傷害周遭一切，還想責怪什麼。」

「你又懂什麼！」

「夜妖精一族，漫長的時間裡不乏投靠錯誤而扭曲者，拋棄自身靈魂想要反噬世界，妳認爲我們在維護血脈與歷史時，手上不會沾染同族的血嗎？」

「……」

「再說一次，連自己都不認同自己者，以什麼理由怪罪他人。」哈維恩冰冷地勾起唇角，「傾聽妳自己的黑暗，那不是充滿怪罪他人的聲音嗎。怪罪血脈、怪罪種族、怪罪世界、怪罪周遭的光明，怪罪沒有與己沉淪的人、怪罪引領道路的人，最後怪罪別人付出的善意……那一句一句都是別人的錯，妳有證明自己的機會，妳將那個機會用在哪裡？」

「你懂什麼！」女鬼發出淒厲的尖叫聲：「如果不是這身血液，我是站在王子身邊的人！是我！這骯髒的黑暗，根本無法與他一起啊——」

「話說，我們兩個也都是黑暗種族喔。」繼續給她喊下去，我怕哈維恩會直接讓她最後一點魂魄都消失在世界上，所以搶在哈維恩之前發話，「雖然這樣說有點厚臉皮，不過起碼我們現在也是和王子他們混在一起。」

「自始至終都是黑暗的人，怎麼能夠體會我們的悲痛……」

女鬼看著我，眼中多了惡意的嘲諷。

「你們，從一開始就是垃圾啊。」

「褚冥漾是在近期才確認黑色種族的身分。」

猛然出現的聲音把我嚇一大跳，完全沒發現房裡竟出現了其他人，顯然哈維恩也沒發現，他連刀都拔出來了，差點劈在鬼一樣的摔倒王子身上。

完全無視我們兩個瞬間的警戒，摔倒王子冷靜地走到女鬼面前，面無表情地看著她，「至今還有什麼好說的，妳就算剩這麼一點殘存，也不想承認嗎？」

「承認什麼？」女鬼似乎也很驚訝摔倒王子的出現，只能愣愣地重複他的詢問。

「妳有過機會。」

摔倒王子慢慢地、一字一句說得很仔細，「妳曾經有過機會，我沒有因血脈而否定妳的存在，也沒有否定妳的付出，甚至還倚賴過妳。奇歐一族的種族責任雖然是歸正世界，但我們同樣會思考世界讓你們留存的意義，妳能夠證明自己是被世界允許存在的，同樣也有著責任……不過妳只想殺了戴洛兄弟、殺了其他人，甚至毀掉奇歐妖精正統血脈，妳從沒有認真對待妳擁有的機會，一切就是如此，不對嗎。」

「殿下啊……你依然不明白，我想救的是您啊……」女鬼露出悲傷的表情，「這個不公平的世界遲早會消失，而我們將成爲正統……奇歐一族可以洗清我們的污穢，您也可以隨心所欲做自己想做的事情……不用再被世界任務所制……說到底，爲何我們必須承擔那份沉重的責任，而不能自在地生存呢……這世界才是殘忍又邪惡……」

「生活在這個世界上，使用各式各樣的東西，作爲代價而承擔責任是怎麼了。」摔倒王子語氣突然一變，讓我也愣了下，「一直重複我也煩了，妳還是不明白。自始至終根本與戴洛他們沒關係，我不懂妳爲什麼要死抓著這點不放。幼時覺得責任沉重想逃避沒錯，但身爲王族擁有大量資源，不論是天生能力比他人強或是生活境遇比他人好，擁有這些優渥條件，相對地便要肩負起更多責任，這也是理所當然；戴洛兄弟只是勸我要正視自己的責任。明明背叛的人是妳，召來鬼族開啓鬼門的也是妳，就算妳殺光全部奇歐妖精，你們也不會成爲正統血脈，而是在黑色世界裡面混了白色種族血脈的存在，和現在沒任何不同。我不需要誰來救，我有保護自己的力量，即使被黑暗覆蓋，我也不會屈服，懂嗎！愚蠢的白痴！還有，奇歐妖精根本沒有洗清血脈的能力，不管是哪來的謠言，如果有這股力量，阿斯利安早就被治好了！將這些謊言告訴你們的究竟是誰？」

女鬼看著王子，張了張口，有些遲疑，「我們……」

我看王子好像有點咄咄逼人，正想著要不要說點什麼時，哈維恩按了我一下，搖頭示意我不要有任何舉動。

「娜塔莉，這是妳最後的機會了。」摔倒王子深深看著女性，「妳已經不在，即使執著，也都沒有任何意義，放過自己，我們終將會在安息之地重新相會，讓我能夠再和以前那個妳重逢，還未被叛徒之名籠罩的那個妳。」

「眞的……能夠嗎……」

「娜……」

「找上我族的人，自稱黑暗同盟。」娜塔莉打斷了摔倒王子的話，幽幽說道：「古老的傳聞中，他們庇護成爲黑暗的人。黑色的王者、夜中黑影保護一切而建造的同盟，彼此相依、彼此照顧。但那個男人說，世界已經無法容許我們的存在，白色世界須要被血清洗，那些高高在上的白色種族將會消失殆盡，成爲我們的時代。」

黑暗同盟在那麼早之前就有動作了嗎？

嗯，其實也不太意外，之前似乎提到了裂川王，按照這世界的時間準則，應該也是個千百歲的大魔王之類的，不過黑暗同盟準備這麼久都沒成功征服世界啊？怎麼莫名覺得他們有點可憐了。

「然後，抹逝了阻礙的奇歐妖精，我們便可違逆規則，利用星曜重新洗淨血脈……」

「原來打的是這種主意嗎。」摔倒王子瞇起眼睛，「哼，眞是作夢。」

「殿下……」女鬼發出微弱的聲音，似乎想說些什麼而深深地看著摔倒王子，「您是否曾經……」

「？」

「不……沒什麼……看來我的時間也不多了……」邊這麼說著，女鬼緩緩抬起自己幾乎消失不見的手，「……殿下，黑色種族終究不是什麼好人……您請多加小心自身……娜塔莉對不起你……」

「這些不用妳擔心，去吧。」摔倒王子轉開頭。

「……」

最終，娜塔莉沒再說什麼，就這麼從空氣中像是薄暮般淡淡地消失了。

再也不留存。

現在我面臨一個巨大的麻煩。

摔倒王子就站在原地，完全沒任何表情，也感覺不到一絲情緒……你們這些可惡的黑袍，就是沒隙縫可以偷讀就對了。

總之他就站在我們面前，現在估計只有兩種選擇，一個是解釋，一個是哈維恩大概最想做的——開揍。

「王子殿下你怎麼在這邊？」我還是先發問了。

「……在我的行宮動的那些小手腳，你們以為我不會發現嗎？」摔倒王子用鄙視的表情看著我。「刻意收集靈魂碎片，你們究竟想要做什麼？」

「既然對你已經沒有用處，你又有什麼好在意。」哈維恩不以為然地說道：「反正那樣的東西耗盡能量就會完全消失，注入黑暗成為鬼族也做不了什麼，還不如去抓兩個衛兵扭曲殺光一些白色種族。」

「哼，黑色就是黑色，滿腦子只想利用。」摔倒王子狠狠瞪了哈維恩一眼，接著重新轉回看著我，「你抱持著什麼心態？」

回望著摔倒王子，我想了想，還是決定實話實說：「我只是覺得那樣好像不太對。」

「不對？放任其勾結鬼族就是對的？」摔倒王子瞇起眼睛，聲音微微揚高。

「不是，我是說我覺得……嗯……整個感覺不太對。」我頓了頓，繼續說道：「和責任歷史無關，只和你們兩個自己有關，你不認為事情就那樣結束了，不對嗎？」

摔倒王子沉默了幾秒，才冷冷開口：「褚冥漾，給你個忠告，有些事不用管太多，有些界線不要踩太大；並不是每個人都會接受，特別是來自於黑色種族的多事。」

所以是我多事就對了？

「只會造成別人負擔。」摔倒王子還補這句。

真心覺得戴洛他們這麼多年都沒掐死王子真是修養好。

「娜塔莉的事情我不再追究，到此爲止，你也好自爲之。」說完，王子一轉身，整個人消失在我們面前。

確認過房間真的沒有其他人之後，哈維恩環著手，似笑非笑地看我，「你看，我就說不用多事。」

「反正就是看不過去啦。」我白眼回去這個只想看好戲的傢伙。

「不過奇歐妖精說的沒錯，黑色種族在某些白色種族的觀念中都是不懷好意的，你如果遇見疑神疑鬼的白色種族，他沒反過來殺你就算好運。」哈維恩對我的想法還是很不以爲然，不過也正經地說：「還有，造成負擔是雙方的，你讓一個白色種族的王子接受黑色種族的恩惠，這事如果被王室其他有心人利用，對那個王子會很不利。同樣地，你那些朋友中一堆白色種族繼承人，他們眞能和你長久往來，完全安然無恙嗎？」

「……」

「我的主人，別太天真了，雖有理解黑暗的存在，但也同樣有著詛咒黑暗的人，這些人的心，甚至比我們還要黑。」哈維恩看著我，「就像黑色種族一樣，他們對於自己的白色同胞，也同樣能狠毒地下手。」

「……」

他說的其實我都知道，但就因爲這樣不能和喵喵他們在一起？也不能做自己認爲該做的事嗎？

這樣不是比那些壞人更沒道理嗎。

「不過，如果你想做就去做吧。」哈維恩拍拍腰間的短刀，「外人有問題，砍掉。」

謝謝你的火力支援喔。

「砍掉是不用了，我自己會想辦法的。」

我認爲，事情不會像哈維恩說的那麼絕對，至少能共存的人一定還是存在的，就像我身邊的所有人一樣。

我是如此認爲。

「學長！學長！」

就在我想要好好沉澱一下時，房外傳來某根補品的鬼吼鬼叫。爲了制止哈維恩殺植物，我自己走過去開門，果然看見好補學弟一臉期待地看著我。

「怎麼了？」如果敢說想出去感受世界之王，我就會在這裡揍他。

「就是那個啊……」好補學弟一臉期待地看著我，「之前在船上發現的。」

船上？

想來想去，我想不太起來之前好補學弟有說過船上什麼，所以只好回問：「發現什麼？」

好補學弟露出一個大大的笑容，不過在看見哈維恩之後又垮了一張臉，「他也要來喔？」

「當然。」哈維恩很自動地回答。

「哈維恩一起去。」雖說是在船上，但上一次來的時候我就知道這船不太對勁，就算已經修復到可以航行，陷阱估計仍不會少，帶著哈維恩至少安全有保障。

好補學弟看起來很不甘願，但還是乖乖點頭了。

原本以爲好補學弟要帶我們去什麼詭異的地方，但他領著我們走了兩層樓之後，進入一條充滿壁畫的走廊。

這種充滿雕刻或壁畫的走廊並不少見，到處都是，生活起居的公共區域也可見到。上次進入這艘船時，還看過采巨人的壁畫敘事圖。

好補學弟神祕兮兮地朝我們招了招手，示意我們看向右側一幅色調有點暗的壁畫。

這是一幅三連壁畫，三面寬幅都相當大，第一眼注意到的便是圖上繪了龐大的人數，看不出來有多少種族，但那些人像是螞蟻潮般密密麻麻的，正在白色海岸邊追逐著已經撤入海水中的幾艘小船。

約莫十七、八艘的小船中有半數被擊沉，半數正在往我們現在所在的「戰牙幽鬼」靠攏，看得出這場不明戰鬥相當慘烈，沿岸的海水和沙子都變成了黑紅色，一具具屍體在晃動的海水中載浮載沉，整片黑色的天空覆蓋上大海，黑暗得讓人看不見求生的光芒。

不過靠近大船的部分海水凝結成了冰，只為那些小船開了回歸的通路，凍結敵人的攻勢；沿著那條路徑看去，最終看見的是船身上站著一名發光的白色精靈，年紀並不大，像個十四、五歲的少年，如同冰一般透徹到幾乎透明的銀白頭髮，白皙的臉與冰霜凍結般的眼睛。

還有那張，和學長相像的臉。

「……三王子？」

我看著精靈少年的畫像，有點錯愕，這精靈凝結一般的表情和我所知的三王子相差甚遠。

「不，應該不是。」哈維恩瞇起眼睛，讓我看看少年的背後。

光的後方，幾乎令人難以察覺的是黑色的影子，雖然只是壁畫，但卻能表現出那道黑色影子可怕的魄力——在他們兩人腳下堆起的是驚人的黑色屍骸，點點地獄般的銀藍色火焰正在細細將屍體焚燒成灰，黑霧般的死灰捲繞在他們身邊，往黑色天空飄去，幾乎有種整片天空就是用死屍的飛灰覆蓋成黑的錯覺。

這幅畫面讓像是學長的精靈救下小船上的人，卻一點也感受不到安心與溫暖，反而相當駭人，似乎只是從一個地獄踏入另一個地獄。

後面連續兩幅也幾乎是這兩人聯手擺脫岸邊的凶惡追兵，第三、也就是最後一幅圖，岸邊所有人都已變成骸骨，幾乎是壓倒性地被全數殲滅……或者說被壓倒性地屠殺殆盡，大量屍體在藍色火焰的燒灼下，將畫面燻黑得如同冥府一般。

我所知的精靈雖然都有點粗神經，但並沒有人能粗得幹出這種大屠殺一樣的殺戮。

這個很像學長的精靈到底是誰？

還有後面那道黑影究竟是？

「……妖師一族？」哈維恩輕輕觸碰著黑影，蹙起眉頭，「不，不對，這力量……」

光這樣看就可以看出力量？

我再次看了看黑影，除了藍色火在燒屍體以外，根本看不出什麼。

「不是妖師嗎？」好補學弟眨了眨眼睛，很疑惑，「看起來是呀。」

所以他是因爲找到有妖師的圖，刻意帶我來看的嗎？

然而，他是從哪判斷這是妖師？我並不覺得不久之前還不知道妖師是什麼的好補學弟有這本事能夠秒認出來。

「不，這不是。而且從年代上看來……這恐怕……」哈維恩的表情變得很嚴肅，看起來像是正在斟酌該怎麼告訴我那個黑影的身分。

還沒等哈維恩解釋出個所以然，我突然感覺到熟悉的氣息，接著是詢問。

「你們在這裡做什麼？」

回過頭，果不其然看見千冬歲朝我們走過來，「這個區域的陣法還未整理好，隨便亂闖可能會有危險。」

「呃，只是在看壁畫……」說著，我轉過頭，看見三連圖的瞬間我整個人愣了下，不由自主地向後退開一步。

出現在我面前的壁畫壓根不是那三張詭異的海上精靈圖，取而代之的，是三幅截然不同的敘事圖，藍天白雲的海上行船，以及接下來遇到的冒險——海怪潛伏在船底下，然後冒險船再次取得勝利。

這個變化讓我頭皮發麻，旁邊的哈維恩和好補學弟更不用說了，兩人臉色都很難看，顯然他們也不明白爲什麼壁畫會有這種天差地遠的轉變。

全然不知道我們三個人現在心裡的震驚，千冬歲悠閒地走過來，很仔細地研究了三幅冒險圖之後開口：「這很普通，沒什麼特別有意思的，如果漾漾你對冒險故事有興趣，可以到船上的圖書室，這類海船上的敘事圖都有專門的記錄，多半可以在圖書室或記錄室中找到收錄的書本或卷軸。」

「咦？眞的嗎？」的確，經過生活起居區的時候，好像有看到類似的空間。

「嗯，各種事件必定會記錄在航海記錄中，雖然戰牙幽鬼歷經數千年，但各式記載估計都有用特殊術法保存，只是不知能開放多少。」千冬歲露出有些遺憾的表情，「如果能全部解讀，肯定能夠提供非常多珍貴的情報，畢竟這艘船所停泊的地方大多都是難以接近之處啊。」

所以也很有可能會有不開放的記錄吧，而且根據這些種族的尿性，不開放的肯定佔了百分之八十之類的。

但是，我非常介意剛才那三幅消失的壁畫，還有和學長長得很像的屠殺精靈……那到底是誰？

看著一定不是三王子……難道學長還有雙胞胎兄弟？因爲沒有跳過時間，所以認眞地活了千年到處礙怪？

還有，那道黑影究竟是什麼？爲什麼好補學弟會認爲是妖師？

我看向哈維恩，有點想開口問他，但哈維恩搖搖頭，示意我不要現在問，我也只能轉移話題：「所以圖書室已經是可開放區域嗎？」

「嗯，普通圖書室能夠任意進出，如果你有興趣，裡面倒是有不少有趣的東西。」千冬歲聳聳肩，「萊恩剛剛可是一進去就不出來了，他不知道怎麼找的，讓他翻出幻武兵器的記錄大全，這船上竟然有記載所有接觸過的兵器，看來要在裡頭待段時間了。」

原來只要給萊恩一本兵器百科全書和一盒飯糰就能收拾掉他。

我想想，開口：「那我也去圖書室逛一逛好了，我想看看裡面有沒有以前的妖師記錄，說不定可以找到點什麼。」

千冬歲點點頭，「那也好，多了解過去的事情對你不是壞事，有問題可以隨時找我們。」

「謝謝。」

第六話　藏匿的歷史

那些壁畫到底是什麼意思？

我跟著哈維恩快速走在走廊上，滿腦子都是白色精靈和詭異的黑影。

「學長、學長……」好補學弟拉著我，好像想說些什麼，但又有點害怕現在的氣氛，縮了回去。

當然，我們沒有到萊恩所在的圖書室，而是直接回到房間，哈維恩這次下了一層又一層的結界，最後謹慎起見，我看他還滴下一滴血，用特別的方式鞏固所有封鎖。

「那是什麼畫？」等到哈維恩做完所有動作，我才發問。

哈維恩轉過頭，思考了幾秒，開口：「根據圖上繪製的穿著來看，那些圖所描繪的時間點至少早於精靈大戰……不，很可能比種族戰爭還要更早。之所以能夠確定，是因爲那些追兵之中，有我夜妖精兄弟的身影，由打扮判斷，應是星楓林的兄弟們。」

「所以你知道爲什麼他們追這艘船？」我看了眼好補學弟，他還磨磨蹭蹭的，不知在幹嘛。

「不，先別說夜妖精本身並沒有這段記錄，重點是，星楓林的兄弟們早在數千年前便已消失在世界上。」哈維恩表情凝重地說：「在部分愚蠢白色種族驅逐黑色種族時，連最後一滴血都沒有留下。當時戰況相當激烈，捲入許多喜好和平的同族，也因此造成相當多同族對白色種族的憎恨……先不說這些，總之，夜妖精中並沒有流傳那三幅圖中的任何事蹟。」

我想想，轉向好補學弟，「你怎麼會知道那是妖師的圖？」哈維恩估計可以從圖上分析出很多東西，這能待會兒再慢慢問，現在的問題在這根參上面，他到底爲什麼會認定那是妖師？

「那上面有一點點和學長很像的感覺呀。」好補學弟理所當然地回答我的問題，然後指向黑小雞，「他也是這樣看的啊。」

轉向黑小雞，等解。

「繪製壁畫的人以巧妙的方式收集了現場部分人的力量，因不明原因將那些力量融入在壁畫之上，雖然已經歷許久時間，依然還殘存著淡淡的痕跡，能稍微分辨出一些種族。」哈維恩頓了頓，繼續說道：「例如那位最顯而易見的王族精靈，以及船上數名船員。」

「所以你也可以知道他們的名字？」連力量都畫上去這麼強，我開始覺得黑小雞可能可以解讀得更多。

然而，黑小雞給我一個非常刺眼的白眼，用著和白痴說話的語氣回答：「誰的力量上會刻著名字，又不是熟識的人能夠捕捉、核對力量感，這是歷史人物好嗎。」

歷史人物搞不好現在還活著啊！看看那個狼王和他一群手下！

「那爲什麼你們一個認定是妖師一個覺得不是？」黑小雞確實說了不是妖師，但是好補學弟卻是因爲覺得是妖師才想向我獻寶。

「和學長像啊。」好補學弟再次回答了剛才的答案：「黑色的，很厲害。」

「那不是妖師的力量。」哈維恩嘖了聲，表情像剛才一樣嚴肅，「那是更深沉的黑暗，因爲我的主人接觸過，你才會誤以爲是他的力量。」

更深沉、我接觸過，又是黑色像妖師……

「陰影？」

這答案說出來連我自己都有點不可置信。

帶著陰影的精靈在大屠殺？

不不，這很奇怪吧，首先精靈怎麼有辦法控制陰影？

而且畫上的精靈看起來不像被鬼族化，他還在發光啊？能做到這種地步的精靈應該早被拿出來歌頌得亂七八糟了吧，而且還和學長這麼像，怎麼從來沒有聽別人提過？

「就我所知的歷史中並沒有這段記錄，黑歷史中也未曾聽聞，這顯然是被隱藏的歷史。」

哈維恩回答了我心中的疑問，然後轉向好補學弟，「不想被人所知，或許唯一的記錄就在這艘船上，卻又如剛才一樣被藏匿覆蓋。這種方式表示了只想讓特定人知道……那麼，你又是如何找到這些圖？」

我看見黑小雞已經把手按在腰刀上，如果好補學弟的回答有問題，可能會當場被砍。

似乎也感受到一絲殺意，好補學弟往後退開好幾步，開始發顫，「我看見了，因爲我看見，那不是大家都能看見的嗎！」

「看不見。」哈維恩冷冷回三個字。

「不是，眞的能看見。」好補學弟緊張地轉向我，比手畫腳地試圖想讓我明白，「有很多都是兩層的，還有三層，可以打開來看的。我眞的沒有說謊，房間裡面也有呢。」

房間裡面？

的確，房間裡同樣有些壁畫和雕刻裝飾，床邊還有幾幅漂亮的圖畫，很標準的客房裝飾。

「你們看，這個也有喔。」好補學弟連忙走到窗邊壁畫前，然後伸出手。原本只畫著風景的圖樣突然開始緩緩轉變，短短幾秒，變成一幅描繪女巫的圖案，畫中的女巫帶著藍色的氣息，一刀斬下魔怪的腦袋。

好補學弟轉過頭，露出燦爛的笑，「就是這樣喔。」

我看著閃亮亮的人參，莫名就想往他腦袋上打一拳。

站在我身邊的黑小雞也露出陰險黑暗的冷笑，「有時候天賦異稟的生物，真讓人想一刀砍了。」

「對啊。」那張發光的小臉，怎麼看怎麼想打。

「咦咦咦咦咦咦咦咦——？」

好補學弟瑟瑟發抖地蜷起來了。

「也就是說，這艘船其實到處都藏著許多歷史沒記錄的東西吧。」

從好補學弟那邊確認了隱藏敘事圖的狀況後，我開始思考，安地爾之前出現在這裡的原因果然沒有那麼簡單，那個人作祟都會有很多原因，然後旁人通常只能看見最表層。

所以很可能他跑來這艘船，除了想要船，更想從這裡面找到些什麼隱藏的東西？

「如果是好幾層的圖，很多啊。」好補學弟收回手，壁畫立即恢復原狀。

我看著好補學弟，語氣沉重地拍上他的肩膀，「學弟，以後出門在外，絕對不要告訴別人你能看見什麼。」不然我怕你這根參遲早會在黑市裡面流通啊！

「……？不是要努力幫忙嗎？」好補學弟顯然不明白自己的力量，緊張得手足無措，「所以看見很多的那個，不能告訴人嗎？不要幫忙？」

「不，出門在外蠢一點就好，雖然你和我一樣好不到哪裡去，但千萬不要告訴別人你能做到什麼。」這艘船上既然有這種隱藏歷史，用腳趾甲想也知道絕對不是輕易可以翻出來亂看的，否則黑小雞他們早就找到一大堆，輪不到好補學弟來獻寶。所以我想，這些隱藏的圖畫肯定有被覆蓋強力術法保護，被千年人參不知道用什麼天然力量給暫時破解了。

偏頭看了下哈維恩，他朝我點點頭，看來我們想法是一樣的。

「可是……」好補學弟還是不能理解，有點猶豫地看著我們，「唔……那好吧，那……那我要做之前先問學長？」

「先問哈維恩。」我直接把責任扔給見多識廣的黑小雞，下秒果然收到來自黑色種族的怨恨之眼。

好補學弟的臉也瞬間露出三百萬個不願意，不過還是勉強點點頭。

「拒絕。」黑小雞提出抗議。

「這是我的請託喔，真的不行嗎？」我滿懷誠意地看著據說很想被命令的黑小雞。「那麼我只能拜託千冬歲他們了。」

黑小雞臉上明顯出現掙扎，雖然是面癱型的微妙掙扎，不過最後還是開口：「……接受。」

「好，那學弟以後你有問題就找哈維恩商量，想要用什麼奇怪的力量也找哈維恩商量，要毀滅世界也找哈維恩商量，懂嗎？」我看著黑小雞，覺得他會是個偉大的保母。

「可是我不想毀滅世界耶。」好補學弟巴巴地看著我。

「孩子，這種事情不是你說了算。」想當初我也沒想過要毀滅世界，但是不知不覺突然就變成大家認爲我可以毀滅世界的地步，眞感嘆世界的脆弱，還有一天到晚被威脅要毀滅的心情。「反正，萬事都找哈維恩商量就對了，不要自己隨便亂跑。」

「喔。」好補學弟點點頭。

「我會教你怎麼毀滅世界。」哈維恩對好補學弟露出陰險的笑。「身爲偉大的妖師一族手下，這是必備的知識。」

「不准教！」一般人應該是要勸止啊！

「你不是叫他和我商量嗎。」黑小雞維持他的笑容。

「不是商量這種事情，是告訴他什麼該用什麼不該用……算了，反正你知道意思。」這黑小雞根本單純想玩我。

哈維恩聳聳肩，算是默認了。

「有人。」

話題結束後，哈維恩散掉周遭的隔離結界，然後像是想到麼似地看向學弟，「剛才的事，是否消除他的記憶？」

「咦！我不要！」好補學弟抱著腦袋整隻往後跳。

呵呵呵呵，又是這個沒人權的一言不合就洗腦。

「而且那個沒有用的。」好補學弟放下手，搖搖頭，「之前有人用過喲，可是沒有用。」

「洗他！」這可惡的人參！

身後是黑小雞追尖叫人參的背景，我走過去開門。

一開門，站在門外的阿斯利安愣了愣，大概被我身後的背景畫面給弄得滿頭問號，他停頓兩秒後決定不去管後面的兩個人，「等等就可以吃飯了，雖然只是臨時作爲前往冰牙族渡頭的工具，且還有不少區域封鎖著，但船上有不少值得一看的東西，你可以四處走走。」

「好。」其實剛剛已經稍微走過，我看阿斯利安應該不是特地來說這些，「還有事嗎？」

「……有的，我想就娜塔莉的事向你們道謝。」阿斯利安說出讓我驚訝的話，「嗯，你們收集靈魂殘片的事情我們都知道，但是休狄說他想自己處理，所以當時我也在房間外面，你們所說的話我都有聽見。」

這下尷尬了，我還以爲黑小雞做得夠乾淨，結果原來大家都知道，看來公會袍級也不是擺著好看的，以後要更注意才行。

「你不用擔心，不是因爲哈維恩的身手不好。」阿斯利安似乎看透我的想法，勾起微笑，「只是奇歐妖精在自己的領域中特別敏銳，更何況是擁有控制權的王族；而我和戴洛長年被靈魂術法襲擊，所以對於術法的變動有一定的敏感度。如果今天換成是在別處，我想我們應該不會察覺到夜妖精的動靜。」

「呃、抱歉，我只是想說……王子殿下大概會把殘片也炸了，所以……」被第二個人揭穿其實還是很尷尬的，看來要做壞人眞的挺不容易，要像安地爾可以厚臉皮到理所當然眞不知道要修練多久。

「身爲狩人，我相信你不會危害我們。」阿斯利安打斷我的尷尬，「就如同我相信你是非常眞心想要幫助娜塔莉，她在最後消散之前，應該已經放下了一些東西。」

「消散？」我皺起眉。

「靈魂殘片的力量無法支撐她回到安息之地。」阿斯利安嘆了口氣，表情有點難過，「我和戴洛一直想在她轉化之前將她送回，但現在大部分都已扭曲破散，即使你們收集了殘片，恐怕也已經來不及讓她回歸……」

因爲種族天性的關係，我知道阿斯利安會比誰都難過，所以也很難再對他說些什麼。

「回歸什麼，自己做的事，下場自己負責。」冷峻的聲音從我腦袋後面傳來，剛剛在追殺人參的哈維恩不知什麼時候過來了，冰冷地開口：「要讓別人收拾？天下哪有這麼便宜的事，你們白色種族還是一樣天真。就算她灰飛煙滅，也輪不到你和戴洛傷心，你們才是被傷害的人，身爲狩人要指引別人的道路，就先自己搞懂沒有必要幫別人承擔他們的選擇和下場。」

阿斯利安笑了笑，「我明白，謝謝。」

哈維恩嘖了聲轉開頭。

「可以吃飯了嗎？」好補學弟從後頭蹦出來，拉著我的衣角。

「可以。」我把衣角抽回來，「不過醜話說在前面，你自己睡。」說完，好補學弟的諂媚臉馬上崩了……我就知道這臭小子不懷好意。

好補學弟一臉哀傷地慢慢走出去。

嗯？等等，我好像也在哪裡聽過誰是臭小子……有點想不起來，算了。

我和阿斯利安打個招呼，打算先整理些東西，轉頭後突然想到這次上船未免也太平安，這艘船明明是傳說中的大船，結果船上居然這麼和平，什麼問題都沒有，反而有點不對勁啊！

「我勸您最好不要一直亂想有的沒有的。」哈維恩的聲音從後面飄來，「克制好自己腦袋也是學習的一環，特別是對妖師而言。」

正想說點什麼反駁黑小雞的鄙視，外面就傳來驚天動地的聲響。

「嗚啊啊啊啊啊啊啊啊——！」

太好了，我都不用反駁了呢。

※

船上第一餐的餐前運動，就是把好補學弟從地板裡拉出來。

根據他本人所說，他在離開我房間之後看見地上亮亮的，於是手賤去摳，就這樣被地板給吃了。然後一旁的阿斯利安因爲在思考自己的事情，也沒看見好補學弟是怎麼瞬間鑲嵌到地板裡面，更沒感覺到任何異常的氣息……總之人參就這樣不明不白地被走廊給吞了半截身體，還好拔出來後沒發現什麼傷害。

就是又縮進角落很害怕地顫抖。

「唉呀，忘記告訴你們，戰牙歷經許多船員，大家閒著無聊會在船上設置許多可愛的惡作劇。剛上來時因為船內術法混亂，所以並不明顯，現在隨著修復，很多小東西也跟著復甦了，要小心喔。」知道這狀況後，薇莎帶著笑容解釋接下來航行時間眾人可能會遇到的傷害。

說真的，我完全不意外了呢，就算這船現在馬上分解，也完全不讓人意外。

……你們認真一點行嗎！

「褚。」

一踏進餐廳，就看見夏碎學長衝著我微笑，我直覺地坐到他身邊的空位，另一邊的小亭早就開始埋頭大吃，桌上一盤又一盤大魚大肉，顯然讓她吃得很開心。

「好好逛過船了嗎？」夏碎學長摸摸小亭的後腦，看見我搖頭便說道：「挺有意思的，我也才剛看了一些，這上面的古代術法多到令人驚奇，而且許多擁有自主意識，如果你遇上了，能與它們交談，可學到不少事物。」

我點點頭，想起之前被安地爾改造過的守衛。

看我坐定後，有人幫我擺上餐盤與前菜，我看了看服務員，對方身上有著與外面的水手、房務組相同的徽章，看來都是海上處理組織派過來的，沒想到會這麼周到，竟然能在短時間內派出整組的船務。

「如果是喜歡海洋的人，加入海上組織也是不錯的選擇。」夏碎學長好像看穿我的想法，說道：「海上處理組織成立的時間比公會還要久遠，內部擁有許多陸地上不曾見過的資料，許多沒有加入公會的優秀人才大都會選擇加入海上組織，當然也有在雙方都取得認證資格的存在，你也能朝這方向思考看看，若是有興趣的話。」

簡單來說，就像是海上版的公會嗎？

那看來薇莎他們很可能也擁有類似袍級的身分了，否則這樣亂搞都沒被押回去，海上組織反而還派遣人員來支援行動，有點沒道理。

「等等，學長有加入嗎？」我突然想到這件事情。

再怎麼說，就算薇莎和鯨都是海上版的袍級好了，整個組織爲了他們和這艘船派出大量專業人力船組，又和公會協調快速修復，待遇好像也太好了吧！

夏碎學長笑了笑，「你說呢？」

學長，你到底有多妖魔鬼怪？

「一級深藍資格。」夏碎學長餵了個花椰菜給小亭，「海上組織的階級比較沒有那麼複雜，只有白、淺藍與深藍，再從這三種分類裡分出級等與負責的作業類別，每個人的階級都會用徽章標示，如同這位。」

在夏碎學長微笑邀請下，正幫我端上菜盤的女性服務員朝我行了一禮，並讓我看見她身上的白色徽章，上面有水的圖騰，圖騰下方分別有小魚和星星的圖案，「我是白水六級的船組人員杜梅，任務是支援船隻的日常運作，並在戰鬥時提供基礎武力協助。如果您有任何船上的生活需求，能夠向我們取得幫助。」

「呃……抱歉失禮了，可是你們有拿到資格還是要做服務員？」不管怎樣，我覺得有資格應該都是……嗯，不會形容，不過應該不是服務員吧？

「不，你誤會了，這是我的興趣。」杜梅勾起唇角，「我們此趟的任務就是支援戰牙幽鬼能順利地前往精靈渡口，如果是一般船隻當然不會派出三種資格者，船組員會搭配普通服務人員。但這是傳說中的船隻，一路上我們必須提防許多變化，所以在場全都是海上組織的資格成員，我們接管船隻時通常會簡易分派自己喜歡的勤務，用自己的方式來照顧船隻與成員，這點應該與公會的任務有些不同。」

「公會在執行任務時，大多能有陸地上各種單位組織的配合，所以兩、三人搭檔行動不會有太大的問題，請求支援也能獲得相當迅速的回應。」夏碎學長補充道：「但海上不同，離岸之後組織成員只能待在海域，如果僅是普通的異狀還好，能派出精簡小隊，不過像這次是屬於古代船隻，目的地又是特殊地區，就必須要有一整組的專業船隊來接管，航行時間所有人都待在船隻上，因此會自主相互支援各方面生活勤務，彼此照顧。」

「這支船隊的專業是接管出問題的運船，不久前也曾與公會一起接管原世界的郵輪，當時我負責的是廚房副手，相當有意思。」杜梅說完，就請我們繼續用餐，盡職地退到後方去了。

看來海上組織管的事情比我想像的還雜，眞是辛苦……等等……等等等等等！

他們管過原世界的郵輪？

我整個大錯愕。

當時差點沉掉不是公會來修復接手的嗎！

是說好像也沒看到太多袍級出現……

我按著頭，覺得世界好像又被新的東西給入侵了。

⁂

「漾～」

剛吃飽飯就在走廊外被喊住，好不容易甩開哈維恩和好補學弟的我回過頭，看到剛剛沒出現在餐廳的五色雞頭蹦過來，「要出去玩了沒？」

「我只想出去看一下風景。」既然知道服務員都是海上組織的人，我就不好意思亂跑那些開放的娛樂設施了……是說他們幹嘛連娛樂設施都開放，這也服務太好，不會給自己的任務增加負擔嗎我說。「你知道這裡的全是海上組織的人吧。」

「知道啊。」五色雞頭聳聳肩，「那又怎樣，大爺又不是要玩他們，是要玩外面的東西啊。」

「外面什麼東西？」

五色雞頭露出一個邪笑，然後搭著我的肩膀往樓梯方向走，「漾～你還眞以爲我們離開那鬼地方就啥事情都解決了嗎。」

稍微思考五色雞頭的話，我挑起眉。

「綠海灣的殺手追出來了喲。」五色雞頭比了個拇指，「大爺看見熟面孔。」

「你們家族的？」我還眞沒想到這個事情，不過五色雞頭他家的確就是殺手家族，要殺王子找他家也不是奇怪的事情。

「大爺就在這個隊伍裡面，有種他們派看看，大爺會打得他一連八代都不認識他。」

看來不是殺手家族的追兵。想想也是，這裡就一個山大王的猴崽子，應該是不可能把族長的親兒子也捲進來，除非五色雞頭就是殺手追兵本人。

顯然他不是。

「是別的殺手，大爺聽說他們可能和黑暗同盟合作，正打算逮幾個看看。」五色雞頭難得正經地搔搔下巴，「都已經發出黑道令了，大爺真好奇是誰眼睛長在屁眼裡。」

「黑道令？」我想了想，光聽這名字，覺得大概是傳說中不為人知的追殺令還是什麼類似的東西。

「大爺家的印記，表示大爺在這裡，這地方是老子罩的，動手就是和羅耶伊亞家族過不去。」五色雞頭彈著手指，一臉很期待的表情。

「……你為了王子發了黑道令？」還真看不出來五色雞頭這麼有心啊！

「屁！老子只是不想被打斷樂趣！」五色雞頭立刻反駁。

……看起來就是為了王子或是這支隊伍做的事情啊。

我搭在五色雞頭的肩膀上，學他露出邪惡的笑。

「漾～信不信大爺撕爛你的臉。」五色雞頭抓住我的手臂，露出更冷的陰險笑。

「……說好兩肋插刀呢？」這人的友情變得真快啊。

「撕爛和插刀沒衝突。」五色雞頭比了個拇指。

算了不該嘗試調侃他，這隻雞壓根只能他騷擾別人不允許自己被騷擾。

「所以你要去嗎？」山大王雞對我伸出惡魔的邀請之手。

雖然知道每次被他找上都會出事情，不過這次攸關王子的問題，想想我還是點點頭，覺得自己似乎有必要去幫忙看看。

隱隱約約覺得事情可能沒有五色雞頭講的那麼輕鬆，不然他也沒必要發出什麼黑道令吧，之前完全沒聽他說過這東西。

「要就走。」

五色雞頭說完，腳下直接打開傳送陣。

是說這船上可以任意使用傳送陣法？

我還來不及弄清楚有沒有卡牆壁的問題，四周空氣一扭曲，眼前景色瞬間變成大海，而且還是超黑的大海，天空異常地沒有月亮或星辰，完全分不清東南西北。

巨大的船隻在黑色海水上行駛，沒發出絲毫聲音，連水花都沒有濺起，寂靜得像是一艘不存在於世界上的鬼船。回頭看看船體，雖然船內本身有照明，但照耀出來的光卻無法傳到多遠，感覺一離開船隻，光亮就被黑暗吸收，海面也完全沒有折射出光線，更別說倒影。

眞的很像鬼船。

如果不是站在船尾，我眞的不確定我是不是在這艘船上。

這是傳說中的隱匿模式嗎？

想想應該也是啦，這船目標太大了，在這世界的人應該不會隨便撞冰山還是撞其他船隻的前提下，先把自己藏好不要隨便被搶劫沉船才是最重要的。

看著黑色大海，正想著殺手在哪裡時，我的背後突然被推了一下，力氣不小，但是最主要是因爲我完全沒有任何心理準備，所以重心不穩直接往前栽。

落入黑色的海水之前，最後聽見的是五色雞頭可惡的笑聲。

落水瞬間，老頭公在我四周張開防水領域，同時米納斯也自主發動，讓我沒有直接吃海水然後沉海底。

這麼好用怎麼之前沒有？

「因爲你現在力量變強了，相對地我們能藉著你的力量來做更多的事。」

米納斯淡淡的聲音直接傳進我腦袋。

也就是說以後我很可能會有鐵布衫還是金剛罩之類的技能可以點了嗎？

「……」

米納斯乾脆不理我了。

身邊傳來落水聲，黑暗中有人抓住我的肩膀，從感覺來看應該是混帳的五色雞頭。我被拽著游了一段距離，周圍應該是又被加強了一些術法，所以在大海裡並沒有被海流影響，很順利地前進。

過了半晌，頭頂上慢慢出現微弱的光線。

我往旁邊看，果然是五色雞頭，他正拽著我往船底方向游，那些有點淡藍色的光就是從船底發出。

五色雞頭朝我比了個噤聲的動作，我順著他的指向看過去，隱約看見船底有幾個黑色的人影，船底的光幾乎都聚集在他們身上，好像刻意要將這些外來的陌生人給映照出來，我和五色雞頭反而完全不受影響。

看來這應該也是古船的機制，某種程度上會曝光入侵者。

比起入侵者，我更注意到船底隨著光的映照出現若隱若現的淡薄圖案，如果沒有看錯，船底似乎有好幾幅巨大的圖……誰吃飽撐著把圖畫在船底？

因爲海水的阻隔加上那些畫眞的非常淡，所以我看不出個所以然，一旁的五色雞頭扯扯我，把我帶到船底的遮蔽處邊上，看著那些不知在打什麼主意的入侵者。

話說回來，既然船隻本身有這種防禦機制，怎麼沒有出現個砲擊還某種妖怪幹掉入侵者？我還以爲這種先下手爲強的作風比較適合這個世界。

正在疑惑時，五色雞頭又推了我一下，示意我看下面……不就海水嗎下面？

「——！」低下頭那瞬間，我全身雞皮疙瘩都炸了出來。

幽暗極黑的深海處，不知什麼時候多了很多青色、青藍色的小光，幾乎都是兩個一組，也有三、四個一組，一亮一熄地有著一種規律。

那規律的閃滅，不管怎麼看我都覺得像是人在眨眼睛一樣。

如果下面不是滿坑滿谷的妖怪，估計就是滿坑滿谷的變種大白鯊，而且這些光全部都對著我們和那些入侵者，我腦子瞬間浮現大白鯊的ＢＧＭ，很可能牠們下一秒就會朝我們登登登登地游過來。

五色雞頭拍了我的肩膀，抬抬下巴，拉著我掉頭往我們來時方向游，搞得我莫名其妙。我還以爲他拉著我發現殺手之後，就會一貫地馬上撲上去暴衝，接著很有可能因此把船底搞破一個洞，直接上演再次沉船的年度戲碼。

他什麼也沒做。

因爲被拉著游而不費力量，所以我順其自然地回頭看。

那些入侵者已經不見了。

但是船底的微光隱約照出了一條即將消失在海中的血線，黑紅色的血液直接被拖入海底，連接到大量詭異光點之下。

我的腦袋上突然一陣破開的力量，整個人被狠狠拽出水面。

「什麼東西！」我抓著五色雞頭的手臂，滿腦只有這個問題。

「海族。」

不屬於五色雞頭的聲音從我的上方傳來，黑暗中出現一道光，船尾處打開了一道小門，從圍欄邊放下了帶我們回船上的繩梯。

抓住繩梯，我抬頭，看見阿斯利安的臉。

「那些是眞正的海族。」

※

阿斯利安遞給我們毛巾。

雖然因爲老頭公和米納斯的關係我幾乎沒有沾到水，不過我還是反射性地接過來擦臉，順便將爬回船上時飛過來黏到我身上的雜物也拍一拍。

「這艘船因爲曾擁有過七名船長與各種族船員，所以船上的守護遠比你們想像的還要多。一旦修復，失落的聯繫被重啓，願意遵循過去古老諾言的存在會重新回到這艘船上，或是周圍。」阿斯利安邊說邊幫我們沖泡茶水，背景是他自己的個人房，就在我們房間附近，看起來一樣華麗，只是壁畫和掛畫不太一樣。「在修復戰牙時，我們就發現有許多海族的守護，看來海族信守諾言，自戰牙重新啓航之始就替我們監守海底的一切，讓我們的航程變得更安全。」

原來阿斯利安他們早就知道殺手還跟著的事情，我就說嘛，怎麼可能只有五色雞頭發現而其他高手沒有發現。

「嘖，大爺的玩具就這樣沒了。」五色雞頭相當不爽地咬了一口桌上的點心。

既然遺憾你剛剛幹嘛不撲上去順便和海裡的東西一決生死啊。

「如果我沒有認錯，會這麼快前來、又極具力量……更重要的是讓西瑞收手了，應該是幾乎與羅耶伊亞家族地位相當的海中殺手，夜汐部族吧。」阿斯利安勾起微笑，看著五色雞頭默認的臭臉，他轉向我，「如果說羅耶伊亞是守世界最令人聞風喪膽的殺手家族，夜汐部族就是海中讓人懼怕的殺手部族。若是我沒有記錯，在黑道中應該有不成文的規定，就是海不搶奪陸地的獵物，陸地也不奪取海的目標物，對吧。」

原來這才是五色雞頭不撲上去的理由？

他不能搶海中殺手的獵物。

「哼，大爺只是懶得和那些魚有糾結，煩死！」五色雞頭哼哼咕咕地呸了幾句。從他的態度來看，我覺得他八成對海中殺手感到棘手，不過立場顛倒的話，剛剛海裡的東西十之八九在陸地上也會覺得五色雞頭棘手吧。

「有興趣的話，船員生活區的壁畫有相關題材，似乎是戰牙替殺手部族解決很大的麻煩，換取了夜汐的信任與承諾。」阿斯利安笑笑地說道：「可以多多研究，我想總比你們時不時在深夜跳進海裡好很多。」

……

……主謀都是那隻雞！我就是個善良好百姓，偶爾想看個八卦而已！

「幸好你們被戰牙確認是乘客，否則我可能得去找屍塊向妖師一族交差呢。」阿斯利安開朗地說著很可怕的話，「夜汐派出的殺手經常在瞬間就出手了，很難從他們獠牙底下搶奪活口呢。」

所以果然是一大群的大白鯊嗎。

……

等等！意思是我差點就被大白鯊五馬分屍嗎！

我直接瞪向五色雞頭，他朝我比個拇指，「人生自古誰無死。」

並不想因爲去人家船底被撕成碎片這種死法啊可惡！

「另外，目前派遣殺手的是次方聯盟，我相信他們應該不在羅耶伊亞所屬的黑道體系當中。」阿斯利安提供我們另一個訊息，「而且他們並不講道理，要小心。」

原來五色雞頭家是講道理的黑道嗎？

想想也是，雖然黑色仙人掌掏內臟都很沒道理，但大致上看來，他們似乎還是可以溝通的，人也沒有外面流傳的那麼壞。

眞要說，某些好人還壞多了。

「肉眼可見的這些追兵還比較安全。」阿斯利安有些無奈地嘆口氣，然後放下手邊的杯子，正在啃點心的五色雞頭也一口吞掉餅乾，站起身。「果然看不見的還是讓人比較困擾。」

下一秒，阿斯利安和五色雞頭猛地轉身往兩側一掌揮去，迅雷不及掩耳地從空氣中左右各揍出了毫無氣息感的兩個人。

隱藏得太好，竟然一直貼近到我們身邊才被他們察覺嗎？

「眞是麻煩，果然戰牙的守護還沒修復好就是會有這麼多麻煩。」阿斯利安看著被打倒在地，卻眨眼就爬起來還毫髮無傷的黑衣人，聳聳肩，「估計你們應該也聽見不少船上的機密吧，這麼躲躲藏藏竊聽隱私可是不好的事情。」

砰的一聲巨響，我看到更不好的事情，就是哈維恩又不知道怎麼神通廣大知道這裡發生問題，直接撞門進來了。

似乎也知道門被破，阿斯利安連看也沒看，朝入侵的殺手勾起和藹可親的笑容。

「只好幫你們清洗記憶了。」

第七話　詛咒

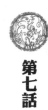

「眞的不殺掉嗎。」

哈維恩皺眉，環手看著被擺平在地的殺手二人組，因爲遭到阿斯利安一輪洗腦，現在兩人的表情已呈現痴呆化——還好他們沒洗過我，說眞的對眼睛很不好，整個呆得只差沒有流口水了。

被這陣騷動引來的第二個人是摔倒王了，他的房間就在阿斯利安隔壁，幾乎哈維恩一破門，王子殿下就出現在房間裡，而且表情超凶惡。

「爲什麼殺手是找上你？」看也不看地上的痴呆殺手，摔倒王子針對性地直接質問阿斯利安，「這些是王族殺手……你調換了房間的力量氣息？」

「我想這是比較好的解決方式。」阿斯利安並沒有否認摔倒王子的尖銳質詢，淡淡說道：「任務中，我們沒有必要與次方聯盟的殺手爲敵，若是讓他們增派大量殺手，會影響到我們的任務。」

王子冷笑了聲，「你只是不想看這些垃圾去死吧，你是不是本來也想救海底那些。」

阿斯利安沒有回答這句話。

難怪，我就奇怪爲什麼阿斯利安會特別出現在船尾接應我們，再怎麼說他也應該知道五色雞頭的能力——雖然大部分都在搞破壞。

「這種垃圾不會感謝你，次方那些渣滓也一樣，既然想要做這種見不得人的事情，就得準備好會死無葬身之地。」說完，摔倒王子一甩頭，直接離開房間。

「傲嬌。」哈維恩直接送那個背影兩個很現代的字，我明顯看見摔倒王子腳步頓了下，但他愣完還是維持自己的帥氣，頭也不回馬上走人，反倒是剛剛被罵的阿斯利安沒忍住笑，低聲噗地笑了出來。

「你猜王子知道那是什麼意思嗎。」我看向阿斯利安，有點半故意地問。

阿斯利安又笑了一陣，「他知道。」

也是啦，畢竟是黑袍，我們要相信黑袍的能耐，黑袍絕對知道傲嬌是什麼意思的。

看阿斯利安心情好很多，我轉頭見五色雞頭蹲在兩個殺手旁邊，這才想到剛剛摔倒王子其實連他都罵了，但五色雞頭竟然沒有暴躁跳起反駁，安靜得很異常，「西瑞你在看什麼？」

「大爺在想老三會比較喜歡哪個部位，他常常說要去挖次方那群傢伙的內臟，我看他也挖不少回來。」五色雞頭朝殺手的肝比畫了兩下。

「……件手禮嗎？」何等的兄弟情。

「不，次方的傢伙很喜歡煉毒，內臟都是毒，大爺要用這些內臟毒殺老三。」五色雞頭露出邪惡的微笑。

我覺得黑色仙人掌肯定不會因爲這樣就死了，他只會變得更強壯，最後把全世界的內臟都挖過一輪，就這麼統治了全世界。

「不過大爺也覺得這很有意思。」五色雞頭把其中一個痴呆臉踹翻過去，然後撕開對方的口袋，從裡面露出一塊像是手帕的布料，上面有枚奇怪的印記，看起來很像是某種家徽，是葉子的形狀。

「七葉家。」哈維恩抽走那塊布料，恭敬地遞給我，「看來不是針對王子這麼簡單。」

「或許有必要通知夏碎這件事……又或者不用。」阿斯利安的話才剛說完，外面就傳來另一聲巨響。

我們幾人連忙走到門口，看見走廊不遠處另一扇門被破了，不過是由裡朝外，門扉飛出撞上走廊牆壁，上面還黏著一個和我們這邊很像的黑衣人。那房間就是千冬歲今晚睡覺的地方。

從房間走出來的是萊恩，他直接把雙刀插在黑衣人的肩膀上，表情凶狠地開口：「膽敢對三大家族不敬，就付出代價。」

三大家族？

轉過視線，我看見喵喵拿著一手牌從房間裡面蹦出來，「偷窺打牌會被踢喔。」

殺手已經被踢了。

喵喵身後是懶洋洋的千冬歲，一樣是一手牌，另一手則是拎著和我們這邊一樣的家徽手帕，「七葉家想殺我也別雇這種沒有水準的殺手，回去告訴他們，七葉窮到沒錢找殺手不是他們的錯，是他們天生腦殘，只能去好好揣摩天命給他們一顆沒用腦袋的用意。」

「不行啊千冬歲，等等要洗腦的，洗完再說一次。」喵喵很誠懇地提出建議。「這樣他們才會記住要回去想。」

「刻在臉上好了。」千冬歲冷笑。

「好。」萊恩抽出大刀，還真的要往殺手臉上刻下去。

「算了，懶得管這些白痴。」千冬歲哼了聲，收起手上的牌往我們這邊看來，「船員很快就會針對這些殺手做術法反彈補強，不用擔心。」

嗯，我一點都不擔心你們，我比較擔心殺手，這年頭想要討生活當個殺手也不容易了，終於接近船隻不是被大白鯊咬死，就是被船上和大白鯊一樣凶殘的人洗成白痴，還不如金盆洗手回鄉下種田算了。

不過你們這樣三缺一打牌好嗎？

「漾漾，你要玩嗎？」喵喵蹦過來，拉住我的手，「很簡單喲～」

「呃不，我想休息了。」跟三個不是人的打牌，用腳趾甲想也知道吃虧的是我，被陰險死之前睡覺比較實際。

「那等等你要記得把學弟領回去喔。」喵喵甜甜一笑，很爽快地沒有強拉我進去牌房。

等等，學弟？

我面無表情地往千冬歲房裡看去，看見一條被剝得只剩內褲的人參蜷起來在房間角落抖，背景哀戚，頭上還頂著「輸個精光」的字樣。

玩這麼大嗎。

「學長救命——」人參發出號叫。

「我去睡了大家晚安。」

乾脆把你的人生一起脫光吧。

※

這個晚上就這麼過去了。

下半夜可能如千冬歲所說，海上組織的成員針對殺手做了處理，船上再度恢復平靜。我睡前看見哈維恩一如往常地坐到窗戶邊，拿出書本，我想到應該也要好好研究他上次給我的筆記，就這樣模模糊糊睡著了。

從睡夢中睜開眼睛時，已是翌日早晨，約莫七點多，海風從半開的陽台吹進來，卻沒有略帶濕黏的鹹味，反而有種舒適的海潮氣息，合理猜想應該是這裡有某種空氣濾淨術法，讓房間變得很清爽。

哈維恩已經不見了，但桌上有熱騰騰的豐盛早餐，看起來很營養的雜糧粥搭著滿滿好幾盤的配菜，邊上還有堆得像小山一樣高的三明治、小麵包和一壺剛榨的果汁，新鮮水果味都還沒散去。

腦袋空白地看著早餐兩、三分鐘，我才慢慢從床上爬起，接著聽到陽台外傳來叩叩叩的敲窗聲音。

轉頭一看，欄杆上站著幾隻沒看過的白色大鳥，體型比正常海鷗還要大一圈，但並不是海鷗的樣子，其中一隻正用牠像黑曜石一樣漂亮的長嘴巴敲我的窗戶玻璃，藍色的眼睛清靈地盯著我的早餐看。

之前在學校有看過搶人參的鳥，用同樣理論推斷，如果不把吃的給搶早餐的鳥，牠們可能會撞破玻璃衝進來搶，趁這些鳥還有理智，先讓牠們吃飽比較安全。

抬起有點重量的托盤，我用腳推開落地窗，把早餐抬到陽台上的小桌子。

幾隻白鳥沒有我想像中凶殘地撲過來搶，反而優雅地站在原位，等待我把餐點放好，活像我是牠們的早餐僕人一樣。

我放好早餐後，鳥還是沒有搶，四、五隻都用像晴天藍空一樣的藍色眼睛看著我。

「嘻嘻嘻嘻……晴空鳥是海上有禮貌的貴族，若你沒邀請牠們，牠們是不會搶劫你的。」細小的笑聲從我側邊傳來。

看過去，護欄連結牆面的地方，坐著巴掌大的迷你女孩，身體鋪滿大量銀藍色鱗片，太陽一照閃閃發光，兩條腿從膝蓋以下是魚鰭的模樣，還有像金魚尾巴一樣綻開的大大尾鰭。

人魚？

上次我看到的人魚長得不是這樣子，而且還會踹獨角獸。

「你要邀請牠們呀。」大概沒有打算自我介紹的人魚催促我。

我看著幾隻鳥，語氣誠懇地開口：「請一起用個餐？」

剛剛敲玻璃的那隻發出很像水晶音樂一樣的美麗聲音，接著朝我點點頭，動作優美地彎下頭，輕輕啄食起麵包，之後幾隻鳥才陸續跟進，而且也是很優雅地慢慢進餐，看著讓人有種一堆公子小姐正在用完美餐桌禮儀用餐的錯覺。

「一起吃呀。」小人魚跳到桌上，將小盤子推到我面前，「提供食物的主人也該一起吃。」

看著可能會插破我腦袋的鳥嘴，我戰戰兢兢地坐下，試探性地拿了小麵包，那些鳥也沒做什麼事，怡然自得地繼續啄食；我很快就發現牠們還真的有刻意保留一定的分量，也就安心地開吃了。

奇妙的早餐不久便結束了，不請自來的鳥客人吃完後各自整理了鳥喙和羽毛，一隻接著一隻展開巨大的白色翅膀，清晨的陽光將那些翅膀照得好像會發光一樣，就這麼帶著光芒從我的陽台起飛。

最後只剩那隻敲玻璃的白鳥，牠又發出一連串像音樂的叫聲。

「牠說，爲了感謝好吃的早餐，祈祝各位一路順風。」小人魚爬上白鳥的背，朝我揮手。

白鳥鳴叫了聲，展開翅膀，這時我才發現這隻鳥的不同，牠的翅膀在陽光照射下，出現了成對的半金透明圖紋，像雲朵一樣的形狀，讓這隻鳥瞬間貴氣了十倍。

我倒退兩步，白鳥振開翅膀直衝天際，在通過雲端時，整片天空好像出現氣場波動一般，震出一片漣漪，把白雲吹散得像是許多小團棉絮，看起來鬆鬆軟軟的很好捏。

「今天的航行會很順利。」

低下頭，我看見薇莎在下方小船朝我揮手，接著一翻身就坐到我邊上的護欄，「如果有禮貌地對待晴空鳥，牠們就會吹去烏雲和雷電作爲回報，幸好你沒有驅趕呢，驅趕的話作爲報復，牠們會將烏雲和雷電吹到船的上方，航程雖然不至於致命，但顚簸是缺不了的。」

那種看起來會空嘴破西瓜的鳥有人敢驅逐嗎？鳥大爺一個不爽可能一嘴巴就能從前額插穿到後腦，看起來超危險的。

「像這種的還會很多嗎？」看著一望無際的湛藍海洋，我很認眞地思考會不會再遇到其他奇妙的訪客。

「你們睡著之後，戰牙已經啓動了第一次連結傳送，聯繫上最近的渡口，我們現在進入白色種族的領地，會遇到其他生物，只要有禮對待就行了，他們不太會爲難人喔。」薇莎說道：「戰牙才剛重新返世，對這艘船有興趣的存在很多，所以可能還會有很多人靠近，不要太驚訝就行了。」

所以是等等會出現讓人太驚訝的東西就是？

「那我繼續去巡邏啦，清晨時又摸上來一批殺手，看來有人下了血本懸賞那位王子啊。」

薇莎拍拍衣襬，將袖子拉得平整，「小心點，我覺得事情不太單純。」

打從出家門我就覺得沒單純過了呢。

薇莎打過招呼後，又跳下護欄，繼續去忙她的事情了。

看著茫茫的大海和雲層中逐漸消失身影的晴空鳥，我想我也應該要自己找點事情做了。等等去看過學長今天的狀況，就開始找找和妖師，以及那名奇怪壁畫中精靈相關的東西吧。我總覺得這船上肯定還有其他類似的資料，只是被覆蓋了；既然很可能和陰影或黑色種族有關係，就盡量找看看吧。

還有個原因，那精靈實在與三王子太像，我很難相信那個猴……學長的爸爸還有這一面。

怎樣想都搭不太起來，如果有這種能力，當初精靈大戰就不會這麼慘了，所以想要快點弄清楚那個人的身分。

邊想著，正打算轉頭回房內時，我猛然感覺到身後出現完全陌生的力量感，而且來者不善，隨著一股力量往我背後一推，我在飛出欄杆前只看見房裡的眞的是陌生人，還掛著經典式標準邪惡笑容。

然後我就掉進海裡了。

本週第二次。

因爲這次不是認識的人踹我下海，我本來都做好會被腦袋按進水裡淹死的心理準備。

然而，落水後四周海水迅速退開，直接在海下出現了一個方形空間……最近不流行把人壓頭淹死了嗎？還以爲這是壞人的基本招式。

「喂，人類。」

轉過頭，我看到把我推下海的陌生人出現在空間的另一端，整張臉邪裡邪氣地直接標上「我是砲灰壞蛋」幾個大字。「把雪野家的少主弄出來，放你一條生路。」

我就說王子……等等！雪野家？

我靠，這些來的殺手果然是兩批啊！

有沒有人出個門跑任務，周遭同伴卯起來被五湖四海的仇人追殺啊！更別說想要對學長下手的不明人士啊，你們這些人是怎麼回事，比誰的殺手多嗎！

我默默無言了幾秒，我怎麼覺得這些殺手這次還眞好賺，幾個大目標都齊聚一堂了。

「人類，不要耍花樣。」殺手發出警告我的威脅聲音，「我觀察過你，你只是被保護在裡面的沒用人類，少了身邊那些護衛什麼也不是，雖然不知道你身上有什麼才會被保護，不過想活命，就快點把雪野家的少主弄出來。」

終於來個看破眞相的路人了，還懂得在哈維恩他們不在的時候威脅我。

「呃，可是我沒辦法把他弄出來。」這個時間，千冬歲一定在監視夏碎學長吃藥吃飯還有嘮叨他哥不愛惜自己身體，要是去破壞他的早晨活動，我可能不是被壓到水裡淹死可以了事。

「找死！」殺手瞬間放棄找我合作害人這個想法，直接舉刀要殺人滅口。

「等等！等等等等等等——」我連忙拍開老頭公，防護結界加固了好幾層，殺手的刀匡的一聲打在防護罩上，然後被震斷。

行啊！眞的變強了！

看來米納斯沒騙我，再過一陣子我就有金鐘罩可以用了喔耶。

殺手可能也沒想到老頭公牌的防護結界這麼硬，不過在他殺手生涯中肯定不是第一次被震斷刀，他很乾脆地丟開斷刀，直接從空氣中拉出新的凶刀，而且上面還燃著黑色的火焰。

「慢著！」在超不妙的刀砍下來之前，我大喊：「看你後面！」

殺手冷笑了聲，頭也不回地一刀劈下來。

這次還是匡一聲，不過在劈上老頭公前就匡了，刀直接在殺手舉過頭那瞬間斷成兩截，接著完全粉碎。

我終於爭取到機會把話講完了，「我的護衛在你後面。」而且他看起來很火，超級火。

啪嘰一聲，殺手持刀的那手直接被神出鬼沒的哈維恩扭斷，帶著綠色血液的斷手被扔到旁邊，超火的黑小雞護衛迅雷不及掩耳地抓住殺手的後腦，直接將他整張臉壓到阻隔海水的結界上，把殺手的頭穿過防水結界按進海水裡。

所以我說，這招看起來比較像凶惡那方必備的招式啊。

「拉進來一下。」看黑小雞還眞的要把人淹死，我先打斷他的動作。

黑小雞往我這邊看了眼，超不願意地把殺手給抓回來，往他下巴和肚子揍上一拳，連我都能聽見下巴和肋骨斷掉的聲音，接著他才把殺手丟在我腳前。

「你也是次方聯盟的殺手嗎？」我看著被哈維恩踩住的砲灰，覺得他有點可憐，不管目標是摔倒王子或千冬歲，都很可憐。不過這也完全確定了殺手們的目標眞的就是兩人。「或者是七葉家的殺手？」

殺手冷笑了一聲。

「小心他的嘴巴。」在殺手要經典式地咬毒還是咬舌自盡之前，我先提醒哈維恩。

哈維恩往殺手嘴巴踹了一腳，拔出他可能藏毒的牙齒……和更多牙齒。我說要防他咬舌自盡也不是把人家上排牙齒全拔掉，這樣眞的會死人啊！你們之前不是用過比較正常的手段嗎？

拔牙狂魔黑小雞把殺手上排牙齒拔掉大半，順手不知道撒了什麼進去，殺手因爲拔牙而產生的大出血就這樣止住了。

哈維恩看著面部扭曲的倒楣砲灰，語氣冰冷地說：「你身上的自滅術法我也拔掉了，接下來你要用哪個地方打歪主意，我就拔掉那個地方。老老實實回答我主人的問題，否則我就扭斷你的另一隻手，接下來是腳，最後是你剩下的牙齒。」

說眞的，如果有沙發讓我坐下，現在這畫面讓我覺得我們才眞的是黑道。

哪有人要問個話就先把殺手的牙齒拔一半掉的啦！

看著滿嘴血的殺手，我眞的覺得這年頭砲灰很難當。

不過殺手顯然有訓練過，被哈維恩拔了那麼多牙齒還斷了一條手臂，竟然一聲不吭，只狠狠地瞪著我看。

冤有頭債有主，動手的是踩你的那個黑嚕嚕小雞啊大哥。

「你這樣問會得不到答案。」哈維恩彎下身，把手掌捂在殺手眼睛上。大概是知道他要幹嘛，殺手突然激烈掙扎起來，不過還是被壓得死死的，很快地，殺手的掙動又逐漸微弱了下來。直到他再也不動之後，黑小雞才放開手，示意我可以問話了。

「你是次方聯盟的殺手嗎？」蹲在殺手面前，我重提剛才的問題。

已經變得有點痴呆臉的殺手愣愣地回答我的問題，嘴巴裡吐出很混濁的聲音：「是……」

「誰雇傭你來的？」

這次殺手沒有回答我的話。

「次方聯盟和殺手家族不同，他們的運作方式比較像公會，有些任務是發派的，不一定知道背後的雇主。」黑小雞一邊給殺手搜身，一邊提醒我。

「你的任務是什麼？」我重新問個問題。

「除掉雪野家的少主，帶走妖師。」殺手吐出讓我內心一沉的答案。

「你們從哪得知妖師的消息？」哈維恩聲音整個覆上一層冰了，還帶著濃濃的殺意。「你知道誰是妖師？」

「……不，沒人知道誰是妖師……一直有人在抹除妖師的訊息，黑市中知道的人也一個個消失，只傳聞雪野家的少主在校內與妖師交情甚篤，任務是在除掉雪野少主之前，必須先從他腦中取走妖師所有相關訊息。」

有人在抹除妖師的消息？

我想了想，突然覺得應該是然在背後做的手腳，看來學校裡應該也有一定程度的肅清。雖然校內關於妖師的事情被封鎖，但是知道的學生不在少數，像里德他們就全都曉得，有心人士要利用這點是很簡單的，估計在我看不見的地方，這些訊息真的「完全」被封鎖了，所以我才可以在外面趴趴走，到現在還沒被抓去做實驗。

好吧，反正妖師似乎很值錢，這問題可以先跳過了。

「次方聯盟和黑暗同盟有關係嗎？」

殺手突然抖了下，似乎想反抗回答這個問題，但哈維恩又加強了術法，殺手終於再次乖乖張開嘴巴，斷斷續續吐實：「……這次行動，我的部分……接到配合……黑暗同盟行動……」

「除了次方聯盟和黑暗同盟合作，七葉家是不是也與黑暗同盟合作？」我繼續追問。

但這次殺手完全不開口了，哈維恩幾次施術也沒辦法，他抬頭告訴我，「這垃圾被埋了對抗性術法，核心內容全被封印，除非用他的生命讓他吐實，否則無法讓他再開口了。」

「……那就算了。」這種事情還是不適合我做，就交給摔倒王子他們吧，公會應該有更強的逼供人員可以不用要他的命。「對了，你有辦法洗腦他嗎？」

「要讓他忘記我們的問話嗎？沒問題。」哈維恩抬起手。

「等等，你先讓他恢復意識，然後我說句話就好。」看著這砲灰，我也一肚子火。

哈維恩雖然不知道我想說什麼，不過還是收回控制法術，讓殺手從迷迷糊糊的呆滯臉清醒過來。

一回神，殺手立刻想要反抗，又被哈維恩揍倒在地乖乖趴好。

「你們不是不知道誰是妖師嗎？」我露出冷笑，「我就是妖師。」

殺手瞬間瞪大眼睛，一副不可置信的表情，正想要張開缺了大半牙齒的嘴巴，我抬起手，讓哈維恩可以愉快地行動。

「把他的腦給我洗乾淨。」

❀

哈維恩把我帶回甲板上時，已經有幾個人在那邊等我們了，分別是摔倒王子、阿斯利安和鯨，後面另有兩、三名海上組織的船員，陌生面孔。

「發生什麼事？」阿斯利安迎了上來，正好接住被哈維恩洗成白痴的殺手。「你們兩個的氣息突然消失。」

剛剛離開海下結界時，哈維恩有特地告訴我他在周圍用上沉默森林獨特的術法，只有他們自己的同胞可以辨認出來，白色種族無法破解這個特有結界，但是撐不了太久。

「被殺手按到海裡。」看著剛才被我們按到海裡的殺手，我按照和哈維恩套好的說詞回答：「我也搞不懂他用什麼法術……」

阿斯利安看了看哈維恩，後者則是擺出一張干你屁事的表情，所以他很明白知道黑小雞不會回答任何問題，只好先把正在吐泡泡又一嘴血的殺手交給海上組織的人，然後才告訴我：「我們傍晚會在白色種族的領地靠岸休息，這是第一個前往冰牙精靈的古渡口，如果可以，我希望你能與夏碎、千冬歲一起行動，盡量不要招引太多人的側目。」

為什麼特別指定夏碎學長和千冬歲？

我想了下，點點頭，沒有問出口。

「你們……」

「我的主人什麼都不清楚，少煩他。」哈維恩擋下摔倒王子的詢問，摔倒王子顯然不爽了，表情變得很臭。

阿斯利安很適時地攔住正要發作的摔倒王子，對著我微笑，「待會兒再談談吧，我們也得先處理這位不速之客。」

他很明顯是要我先靜靜好好想想之類的，我也順勢點頭，直接往自己的房間走。

公會的袍級當然不是笨蛋，我也不是安地爾那種說謊面不改色的大壞蛋，所以摔倒王子和阿斯利安應該秒看穿我沒說實話，只是有外人在場，他們可能認為我是怕在外人面前開口，估計等等就會出現在我房間了。

邊讓老頭公布下保護我的隔離結界，我抓緊時間拿起手機撥出一通電話，通話那端很快就被接通，傳來慵懶的聲音。

「然，黑暗同盟爲什麼忘記我是妖師一族？」剛才殺手的話很明顯有矛盾，黑暗同盟的人明明就知道我是妖師，合作的殺手卻以爲我是普通人類？

手機那端沉默了幾秒。

「你周圍隔音了嗎？」然慢慢地問。

「隔了。」我看看哈維恩，黑小雞很有默契地又加固幾層，還順便幫我下了藏匿身影的法術，幾名船員從我們身邊擦肩而過都沒發現異狀，「只有哈維恩和我在一起，很安全。」

「嗯……既然你會想到要問我，那麼你猜得沒錯。」然似乎是走到庭院，附近傳來鳥叫聲，「妖師一族在幕後干預白色世界的情報流傳，這件事幾乎沒有人知道，公會同樣不曉得，我們在公會得到消息出手之前，先行肅清。」

「不會害到你們嗎？」我很擔心這個舉動……然他們現在生活得好好的，我媽媽和姊姊也都好好的，如果被知道妖師一族還剩很多人，我怕又有什麼會冒出來殲滅人。

「公會封鎖了檯面上的流通情報，但是檯面下的部分即使是公會，也有辦不到之處。」

我聽著然的聲音，轉進了房間，後頭傳來哈維恩關門的聲音，接著然繼續向下說：「你很明白妖師一族的力量，我們一直在關注那些外露的情報並加以銷毀，以及爲了你的安全，在你出校園之後，我對你做了些事情。」

「事情？」我出學校之後好像沒跟然接觸了，他什麼時候做的？

「你的學院中有精靈結界，我試探過幾次，很難在你身上動手，精靈結界會削除外來的過大力量，校內的部分一直是學院與公會在遮蔽你的消息，但是你離開了。」然停頓了下，說道：「在你踏出校園後，我在你身上下了詛咒。」

「咦？」我愣住，沒想到然會在我身上下詛咒。

到底是什麼時候被下手？

「凡是經由你得知妖師存在的人，只要內心懷抱著絕對的惡意並想加以利用，就必須得付出代價，甚至以生命作爲償還……沒錯，我經由你詛咒了和你接觸過的人，甚至擴散到那些人的身側。你應該也有注意到有些追兵就這麼不見了，對吧。」然的聲音有些冰冷，不帶情感，「換句話說，想要利用妖師一族傾覆世界的人，都必須死。」

我在瞬間突然想到什麼，手抖了下，手機直接掉到地上。

所以，我是什麼時候被然下咒的？

那名加入恐怖組織的黑暗小雞死了真的和我有關？

離開殺之谷後，在那邊遇到的反叛傢伙確實沒再出現，我本來還在想是不是去重整旗鼓。

旁邊有雙黑色的手幫我撿起手機，遞給我。

我看向哈維恩。

哈維恩把手機放在我的手上，輕輕地開口：「是我。」

「你？」我握著手機，愣愣地看著哈維恩，另端的然並沒有說話，顯然在等我。

「妖師首領的咒術，是經由我傳遞到你身上，從我追上你那天開始啟動。」哈維恩說道：「我說過了，爲了守護妖師一族的存在，不論什麼事情我都願意做，讓妖師一族留存是最重要的任務。」

我腦袋有點混亂，也沒力氣追究哈維恩這件事情，重新把手機按回耳朵邊，我做了幾次深呼吸，「然，我不想害死人。」我根本沒感覺到身上有這種咒術，很可怕的是身邊的袍級們竟然也都沒發現這個異狀，然的力量到底隱藏得有多深？

「不，你不會害死人。」然的聲音很冰冷，也很無情，沒有我記憶中的溫和友善，「我說了，這個咒術針對的是抱持惡意並想利用者，我已經對那些投機者很寬容，只要他們不想利用你就不會死，錯的並不是你，當然也不是你害死人。想要再度將妖師一族拉扯進世界漩渦的人，才是眞正的邪惡，害死他們的是他們自己。」

「可是——」

「不要質疑族長的做法，雖然我很疼你，但在我心中最重要的是妖師一族，不只你，所有人都必須活下去。你想在外面走動，就得接受這個術法，否則就乖乖回學院，不要將妖師一族的身分帶出安全的地方。」然的語氣太過堅定，讓我完全無法反駁，「冥玥至今沒有曝光過自己的身分，還成爲紫袍巡司遊走在世界各地，在這點上，或許你應該好好地向姊姊學習。」

這次眞的讓我啞口無言了，的確，冥玥似乎完全沒有曝光過妖師的身分，公會和學校流傳的妖師傳聞都是從我這邊開始的，妖師一族那邊可能會有人有抱怨，然一定也有不少壓力。

「……我知道了。」雖然明白，但是我覺得有點難過。

爲什麼難過，腦袋裡的想法太多了說不出所以然，只感到各種傷心。

「漾漾。」然的聲音稍微平緩了下來，「不告訴你，是知道你會有壓力，你會開始害怕與其他人接觸，但就如我所說，只要你身邊的人是眞正地對你好，這份咒術對他們而言根本等於不存在……只要沒有人想要危害你、危害妖師。你必須明白這點，那些眞心的人才是你必須擔心的存在，而不是自食惡果的貪婪者。」

「嗯……」我眞的知道然的意思，我也不是想擔心壞人，只是……

「有人來了。」哈維恩打斷我的感傷，我連忙中斷通話，撤掉老頭公的結界。

幾秒後，阿斯利安和夏碎學長走了進來。

第八話　白色領地

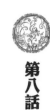

「好些了嗎？」

阿斯利安將手上精緻的盒子放到桌上，有些擔心地看著我：「你臉色很不好。」

臉色不好是被然給嚇的。

我嘆了口氣，「對不起。」

「發生什麼事了？」夏碎學長溫和地問，他身邊並沒有帶著小亭，我有點感激，我現在眞的有點不太想接觸更多人了，覺得整個人很煩，腦子很亂。

接過哈維恩幫我泡的茶水，茶水飄散出山王莊調製的香氣，讓我情緒穩定不少。

喝口熱茶，我才慢慢地把剛才殺手的話轉告給他們，當然是隱藏掉我洗腦之前說的話，那只是我一時腦抽想要氣一下殺手而已。

聽完我的敘述，阿斯利安和夏碎學長對看了一眼，接著，夏碎學長從口袋裡取出一件物品放到桌上，是昨天那幾個殺手身上也有的東西，一塊有七葉家徽的布料，不過夏碎學長這個摺疊得很整齊，裡面似乎包裹著什麼。

夏碎學長示意我可以打開，我就拆開了——裡頭是一枚水晶硬幣，在光的照射之下，發出七彩燦爛的漂亮光芒。

「這是傭金，但是次方聯盟一般都是任務完成之後才按照談好的價錢發派酬金，很顯然有人私下找上了這些殺手，並給予他們額外的酬金。」夏碎學長嘆了口氣，「七葉家雇用了次方聯盟不假，但我想有人讓他們做了其他的事情。」

殺死千冬歲之外順便捕捉妖師嗎？

想到這件事，我突然覺得頭痛。

「我們從那些刺客得知有一撥人衝著雪野家而來，一撥衝著王子殿下，還有與黑暗同盟相同意圖的第三批人。」阿斯利安補充了句：「總而言之，我想我們已經成爲大逃亡聯盟了。」

雖然他應該是想要逗我笑，但我眞笑不出來。

阿斯利安也注意到我一臉憂傷，就拍拍我的肩膀，「放心吧，進入白色領地之後，他們就不會如此明目張膽。」

我是怕他們接近我會個個陣亡啊，然沒告訴我詛咒發動的範圍是多大，該不會方圓百里都會中槍吧？

感覺我在瞬間成爲巨大的壞人炸彈啊。

這樣一路走過去死一海票壞蛋，某方面來說有點驚悚。

一直盯著我看的夏碎學長這時才慢慢地開口：「褚，靠岸之後，你先暫時和我或千冬歲一起行動吧。雖然是這副模樣，但我想我應該能防止某些事情。」

雖然是這樣子，但我覺得夏碎學長你還是可以空手幹掉像山高一樣數量的敵人，真的。

「休狄他們必須保護船上的『他』，就委屈你了。」夏碎學長勾起笑容，「雖然是在白色種族的領土，但現在開始，有許多區域都不在公會的合作範圍之中，也有不少部落並未被畫在世界地圖上，我們必須謹慎了。千冬歲和萊恩他們也會在一起，你不用擔心。」

看來阿斯利安在甲板上的意思是讓我和其他人待在一起，是我想太多了。不和阿斯利安他們一起行動時，在學校裡我的確就是和千冬歲、喵喵等人混著玩。

「褚。」夏碎學長再次與我對視，然後說道：「離開燄之谷後，我想你身上可能有些變化，雖然無法確定是不是『種族』力量在改變，如果你願意，我能夠在你需要時協助你。」

「好。」我握了握杯子，「如果我覺得不對勁，會馬上告訴夏碎學長。」

夏碎學長嘆了口氣。

「褚，不要學『他』。」

我愣了下。

「我分辨得出來敷衍的話語。」夏碎學長的笑容變得有些苦澀，「無論如何，不要學『他』，『他』一直覺得該獨力肩負三王子遺留的所有一切，所以才會走得比任何人還快，變得比任何人還強，最後，『他』就將我們都拋下了。無論如何，都不要和『他』一樣。」

看著夏碎學長，我再度覺得心裡難過起來。

所以，十分鐘後，夏碎學長和阿斯利安陪我一起站在那三幅重新顯現的壁畫之前，然後得知了妖師詛咒的事。

❀

「漾～」

送走阿斯利安和夏碎學長，五色雞頭無縫接軌地從某個角落冒出來，「你在幹嘛？」

一直跟在我們後面的哈維恩嘖了聲，明顯不歡迎五色雞頭。

「剛剛和阿斯利安他們說點事情，你要幹嘛？」我看這隻雞大概不知道又溜到哪裡逮殺手了，手臂上有幾處擦傷。

「大爺撿到錢，拿點來分你。」五色雞頭從口袋裡掏出四、五枚水晶硬幣在手掌上一拋一拋的，「七葉那群猴子發的零用錢，來來，見者有份。」說完，他就塞了其中兩枚給我，硬幣比我想的還冰冷，上面的顏色卻很繽紛。

「繼續獵猴子，大爺要讓他們從髮根到腳趾甲都記得，不接大爺黑道令的下場。」

「什麼下場？」我拽住正要飛奔而去的五色雞頭的衣服，讓他先停下來，不過他的衝勢太猛，抓住那瞬間只聽到一連串撕裂聲，然後就看到雞的肉色之背。「……呃，我再找一件還你。」看著手上那條印有「來去台東」字樣的布條，我默默地放回他身上。

「漾～這個是大爺在當地搶的。」五色雞頭抓抓裸背。

「我會去台東找來還你。」我很誠懇地看著殘破的衣物，然後拿手機先把花樣拍下來，以免我找不到這麼容易看過就忘的圖案。

不過說眞的，這衣服到底哪裡來的！菜市場嗎？爲什麼上面還有西瓜、釋迦和寒單爺的彩色圖案！

啊，該不會這是一系列的吧？

可能還可以找到台南赤崁樓、安平古堡背景之類的來去台南花色？

「那麼喜歡早說，大爺可以送你，不用跟大爺搶。」五色雞頭說著還眞的要把裸背台東脫下來給我。

「你留著，拜託大王你留著。」我要破掉的來去台東幹嘛啊！

「不要嗎？」五色雞頭露出「我很不識貨」的表情，「大爺還有夏威夷、義大利……超多煞氣的。」

原來是跨國系列嗎！我太小看設計者的格局了！

「不是啦，我只想問那些殺手怎麼了？」完全不想知道那個系列要來去多少國家和多少地區，我連忙把話題拉回正軌上。

五色雞頭對我比了一個「七」的手勢，「漾你不是不喜歡嗎，所以大爺只給他們一點教訓，就把人丟出去了。」

「教訓？」

「嗯，大爺把他們全身的毛都拔光，然後丟到老三的工作室裡面。」

等等，這沒有比死還好啊！

把這些人直接送到黑色仙人掌的嘴巴裡面，他們肯定會比較想死啊！

「反正他們嘴硬，讓老三去問話還比較快，大爺懶得浪費時間。」五色雞頭嘿嘿嘿地笑，「不收大爺的黑道令，讓老三去處理這些道上的小混混。」

我相信黑色仙人掌真的會很妥善地「處理」那些殺手——用不是正常人可以想像得到的方式。

算了，那些不是我覺得恐怖就有辦法解決的事，讓他們自己來吧。

「西瑞，現在船上還有很多殺手嗎？」其實我也可以感覺到船裡的力量越來越強大穩定，多虧了大家努力修復。但是換句話說，如果這樣還有很多殺手，就表示這些殺手很強了。

「都在外面。」五色雞頭看了我一眼，「漾～你又想背著大爺做好玩的？」

「沒，我要乖乖地在房間和圖書室裡面爛掉，你有事情都不要找我，讓我爛就好了。」我推開五色雞頭這個人生障礙。

「你這樣怎麼對得起你的年輕歲月，熱血就是要趁滾燙燃燒啊！」五色雞頭憤慨地說。

「我心老了燒不起來。」

「多跟大爺開開眼界你很快就會年輕回來。」雖然是這樣說，但五色雞頭這次很難得地沒有繼續拗我，很快就放棄把我改造成新世界的住戶，「好吧，你就繼續爛，大爺要去讓外面那些爛傢伙先重生，順便還他們原形。」

……最近是又看了什麼啊！

五色雞頭就像來時的一陣風，去的時候也是一陣風，就真的從走廊跳窗消失了。感覺環伺滿殺手群的外頭簡直是他的遊樂天地，看他開心成這樣，有野性的生物果然還是要放在戶外奔跑比較好。

沿著走廊往圖書室的方向走，身後幾乎被我遺忘的哈維恩突然開口：「你想知道靠岸的古渡口隸屬於哪個種族嗎？」

「不想。」我看到黑小雞愣了下，可能沒想到我回答得這麼乾脆。

「你在生氣嗎？」哈維恩補上一句：「我傳遞詛咒在你身上，沒有告知你。」

「沒有。」總之他們想的比我還要周到，這確實是有必要的手段，我也沒辦法說什麼。

「你在生氣。」黑小雞提著不開的那壺追到我後面，「雖然這是最好的方式，但如果你無法接受，我能替你取掉。」

我停下腳步，「……沒有然的同意，你要付出什麼代價？」然不可能會費盡心力弄了一個那麼大的東西在我身上，還讓別人隨隨便便拿走。

黑小雞沉默，我嘖了聲，繼續往前走。

就知道拿走一定會倒楣，看他的樣子八成會很慘。

雖然不是刻意的，但氣氛還是變得很緊繃，我都可以感覺到我身後那隻黑小雞滿腹委屈，搞得很像小媳婦一樣亦步亦趨地跟……說眞的，好好去做你自己的事情啊！不要沒事幹就黏在我後面，現在後悔說不羨慕伯爵有管家不知道有沒有效。

嗚嗚我想要的是像尼羅那麼棒的管家，不是會一個箭步衝上去把敵人牙齒都拔掉的管家——很可能哪天他心情不爽，會連主人的牙齒都拔。

又走了幾步，我覺得背後靈一直在放怨氣感覺很毛，只好自己打破沉默。

「……上次你借我的筆記，我很多看不懂。」拿出黑小雞之前塞給我的黑色種族小抄本，我說道：「如果你願意，幫我講解一些吧？」

怨靈在那瞬間轉化為陽光普照的大太陽花。

⁂

後來一整天我們都是在圖書室度過的。

一開始進去時看見萊恩窩在某個角落和背景自然合體，後來萊恩發現我們在讀書就湊過來，接著好補學弟不知道從哪裡冒出來，聽見我們在學黑色種族的術法就尖叫逃出去，沒兩秒又跑回來，抖抖抖地蹲在旁邊跟著聽。

大概又過一段時間，喵喵歡樂地蹦出來，發現我們在自主學習，就跟著湊一腳，還從書架拿下來很多相關的白色種族術法書，讓我可以比對筆記本裡的黑色術法。

猛一回神，看見修復告一段落在休息的阿斯利安和好幾名船員。

接著不知怎麼地，就變成哈維恩開課講述黑色術法了，人數還越來越多，看得我都覺得收點講師費可能會很賺。

那隻黑小雞看我還在聽，就眞的繼續講下去，連船員的提問都回答，我開始思考搞不好他也很適合去從事教職，黑色領域的專業人才肯定在某方面很搶手啊。

接近傍晚，船即將靠岸古渡口，臨時課堂才結束，還很多人向哈維恩表示謝意與讚歎。看黑小雞一臉冰冷，不過動作反常地不太自在，八成是這輩子第一次被一堆白色種族讚賞，他全身尷尬吧，幸好沒有隨便亂諷刺人。

等到外人都走得差不多，喵喵開始把書架上的書都整理回去，「哈維恩很厲害呢，學校的黑暗術法很少講得這麼詳細，得去公會聽課才有。」

「嗯，畢竟學校必須顧及各種族的觀感，無法全力普及黑色種族相關的知識，所以很難學習到少見的部分。」阿斯利安幫忙整理著周圍，剛才聽課的人數不少，現在大家急著回工作崗位，所以圖書室遺留了大片凌亂，連好補學弟都乖乖地自動幫忙。

我把被移動的桌椅搬回原位，偷偷瞥了眼哈維恩。

他看起來果然很不習慣被白色種族友善地包圍，連動作都變得有點僵硬。看來這些善意讓他很害羞啊。

「小哈，下次可以再向你學習嗎？」喵喵露出天使般的笑顏，眼神發光地看著哈維恩。

「小哈是什麼鬼。」哈維恩顯然不買天使笑容的帳。

「這樣比較親近啊，或是小哈喜歡像漾漾那樣，叫哈哈？」喵喵很期待地看著臉色鐵青的哈維恩，黑小雞估計這輩子沒被任何人叫過哈哈，我在旁邊聽得都想哈哈哈哈哈了。

「不准叫。」哈維恩低罵了句，「莫名其妙的白色種族，誰稀罕親近，離我遠點！」

「小哈挺可愛的呀，你也可以叫我喵喵喔。」喵喵完全不吃哈維恩凶惡的那套，自顧自地靠近黑小雞身邊，眨著大眼睛說道：「之前覺得小哈不好相處，喵喵錯了，原來小哈很友善，還願意分享這些難得的術法給大家，喵喵不應該以警戒心態對待漾漾認可的朋友，請原諒喵喵。」

黑小雞哽了下，大概本來想要說什麼冷嘲熱諷，被喵喵一臉誠懇的道歉給逼吞回去，表情變得有點奇怪。

萊恩安靜地走過來，然後把一個盒子放在哈維恩手上，又安靜地走掉。

哈維恩打開盒子，看見裡面一排三角飯糰，接著轉過來看我，表情大致上就是求解。

「萊恩怕你講了大半天肚子餓，你就收下吧。」沒告訴黑小雞的是，萊恩這舉動就和喵喵一樣，從今以後把哈維恩當自己人看了。

好補學弟看著大家，可能是覺得自己應該也要表示一下，融入這個歡樂的氣氛裡，我就看到他把褲管捲起來，把腿毛一拔……失禮了，把人參鬚一拔，很諂媚地走到哈維恩前面，「口渴可以泡茶喔。」

哈維恩抬起手，按住學弟的臉，直接表情嫌惡地把好補學弟推開。

整理完圖書室，一名船員跑來通知我們船已經停泊在古渡口，但因爲渡口水深不夠、無法靠岸，大家得轉乘小船上岸。

帶上簡單的隨身行李，我跟著大家踏上小船。

因爲要保護船隻和學長，摔倒王子和阿斯利安沒有一起上岸，連色馬都沒有跟下來，後來想想他好歹也是隻獨角獸，會被獵捕的那種，平常太欠揍都忘記這高貴到會要他命的身分。

一起下來的除了千冬歲、萊恩、喵喵、哈維恩和夏碎學長以外，好補學弟也跟下來了，另外就是鯨和幾名海上組織的船員。

在小船上站穩後，我先看見的是遠處一座很荒涼的港口，像是已經廢棄許久，在這邊能看見許多傾圮的樓牆建築，大多都是石雕，很有希臘羅馬那些古代建築感覺，連倒掉和廢棄的樣子都很像。灰黑色的圖紋石柱和破敗的牆壁上爬滿了各式各樣的藤蔓草木，久未有人處理的岸邊幾乎變成像叢林一樣，連個看守人都沒有。

這裡眞的可以上岸嗎？

感覺很像某種祕境逃生的入口啊！

「奇怪了。」夏碎學長將小亭收回背包裡，看著荒涼的港口，若有所思地想了想，「感受不到任何力量。」

「這是正常的嗎？」我突然有點想回船上找學長的衝動。

「雖然沒有白色種族的力量，但也沒有其他存在，我想暫時是安全的。」夏碎學長回了我一個不知道該不該算答案的答案。

好吧，我只知道附近什麼鬼都沒有，所以暫時安全，但是看起來好不正常啊！

照理來說這種有古代精靈契約的港口應該不會廢棄成這樣吧？爲什麼這麼大一個地方外加能聯繫到精靈港口的停泊處，會廢棄成這個樣子？

「這裡曾經被劃分爲戰區。」小船開始移動後，千冬歲推了推眼鏡，開始解說觀光景點：「鬼族戰爭結束後還有許多地方在清除餘黨，這些特殊港口當然也是鬼族的目標，打仗時首要攻擊的就是這些重點區域，不過記錄上，此處——碧斯緹斯『神鳥駐足之港』最後只被標記戰火燃燒，神鳥被邪惡的鬼與劇烈的毒所驅逐，雷之妖精們收復港口後，神鳥並沒有回歸，就這樣沒有下文了。」

「神鳥是什麼？」我再次看向越來越接近的廢墟，石建築的花紋都被藤蔓覆蓋了，暫時看不到上面有沒有記載，八成是有，這些種族閒著沒事最喜歡刻刻畫畫，每個地方都這樣。

「是夜空鳥。」回答我的不是千冬歲，意外地是鯨，悶悶的聲音從他的斗篷底下傳來，「夜晚的天空守護者。」

晴空鳥我早上才見過，夜空鳥可能是類似的種族，就是半夜飛出去吹雲之類的？

「喵喵聽過喲，傳說夜空鳥可以抓起一整頭獨角象，比漾漾知道的大象還大。」喵喵用手比出一個很大的圓，「羽毛比深夜還要黑，飛行的時候會綻放像星星一樣的光芒，落下的羽毛會變成黑珍珠，沉入海中會淨化很多毒素；銀色眼睛像是月亮一樣，可以看見方圓百里的船隻，只要發現船有事故或海象不對勁，就會示警，鳴叫的聲音很像雷鳴，通常有危險才會聽見牠的聲音。夜空鳥不會隨便發出叫聲，個性很溫柔，看到有人在海上發生危險也會援救。」

聽起來就是非常有價值的海上警報鳥。

我大概可以猜得到這種鳥應該很稀少，接近絕跡，先不說牠全身的星星月亮，光是羽毛掉下來會變成珍珠，就足夠成爲牠被抓住拔毛一輩子的理由。

「夜空鳥已經絕跡很久了。」千冬歲說出讓我覺得果然如此的話，「除了價值不斐、黑市鉅額懸賞之外，夜空鳥因爲都棲息在港口處守護船隻，所以很容易被獵捕；加上牠們原本繁殖力就低，成雙的夜空鳥十年才下一顆蛋，獵人經常搶奪夜空鳥的蛋，有些無法奪得的獵人會乾脆打破蛋讓其他人也無法取得，數量就這樣越來越稀少，現在很難看見了。」

「不過幸運的話，或許我們能在精靈領地看見。」夏碎學長微笑地補充，「夜空鳥的壽命相當長，『他』曾經說過很久以前冰牙族的港口還有一對，說不定現在還在呢。」

「眞的嗎！喵喵想看！」喵喵露出期盼的表情。

「我也想看！」好補學弟露出和喵喵一樣期盼的臉，不知道爲什麼我就是想要打下去。

就在簡單的觀光介紹中，我們進入了廢棄港口。

濃重的綠色草木氣味撲鼻而來，與海水的味道混在一起，領著接駁船在岸邊停駐。隨行船員快速穩住船隻，將小船固定好，才放所有人下船。

「離這邊不遠有海上異變處理組織的據點，我們要去那邊打個招呼。」夏碎學長告訴我，「可以經由該處與公會進行報告和聯繫，或許也有必要把這裡的狀況回報公會。」

我就說不正常吧！

靠岸時我就發現怪怪的了，先別說沒感覺到人的力量感，這裡是眞的「什麼也沒有」。意思就是原本這個港口該有的保護術法、破碎的殘留術法，或者殘留的戰爭術法完全都沒有，連殘片瓦石上都沒任何力量，只有植物存在。

這就太不對勁了。

就算港口城鎮被摧毀也不至於什麼都沒有留下來。

……要死了，該不會眞的要給我來一趟祕境求生吧？

我想回去了。

下岸後，我遵照之前的約定，乖乖地跟著夏碎學長。

似乎也是第一次來到這地方，夏碎學長和鯨等人沒有急著走進遺跡，讓千冬歲先放了探索性的法術並張開雪野家的術法地圖，臨時研究起大致狀況。

不是我要說，這裡不是有海上組織的據點嗎？爲什麼連鯨看起來都很陌生的樣子，這裡的據點難道沒有回報過狀況？

很不靠譜啊各位大大。

「學長學長。」好補學弟靠過來，拉拉我的衣襬，「所以我們等等要進去裡面出事嗎？」

「你才出事，你自己進去天天出事。」我抓住人參的耳朵，用力扭。

號叫了一聲，好補學弟摀著耳朵跳開，淚眼汪汪地看著我，「可是書上寫這種地方一定都會出事啊，冒險故事都是這樣開始的，不出事沒人愛看，書也會賣不好，所以每到一個地方都要出事才是套路。」

「……」那些冒險故事裡的人物好累喔，我現在也心好累，想把烏鴉嘴人參踹進海裡。

「不過確實有問題。」黑小雞走過來，直接把好補學弟推開，低聲說道：「這裡面並不存在海上組織的標記。」

「聽不懂。」說人話。

哈維恩翻翻白眼，感覺好像很無奈，但還是把人話說出來：「正常來說，如果這裡有海上組織的據點，按照那麼大的組織規模，這種古代港口各處一定會有力量標記，好讓他們的成員可以分辨，但這裡一個也沒。你看那些海上組織的，不是正在莫名其妙嗎。」

也對！這裡沒力量就算了，還沒有組織和公會的標記啊！

我看著應該曾經是港口大門的一堆石塊，覺得上頭有看不見的「龍潭虎穴」字樣正在指向入口，歡迎大家入內參觀。

話說回來，其實我們應該是可以留在船上的吧？

我突然發現好像沒出現過選項，我直接就在「要上岸」的團體裡面，現在才注意到自己跟下來幹嘛？

我沒有要回報海上組織也沒有要回報公會，也沒有打算要去哪個地方被吃掉……難道我一臉看起來觀光臉，他們覺得每到個地方都要放我下去上廁所和買土產嗎！

這肯定哪裡有誤會。

還有，五色雞頭怎麼不見了？

還以爲這種地方他最喜歡了，會一馬當先衝進去，把所有不對勁的地方都掏出來，接著我們就眞的要開始大逃亡——最壞的狀況啦。

但是他眞的沒出現，不久前說要去外面抓殺手玩，玩到船都停了他還是不見人影，不知道是混到什麼地方去了。算了，反正那傢伙自己會找生路，他從以前到現在都在自己找生路，然後給別人絕路。

正在爲了我這種套路人生而出神的時候，旁邊突然傳來一點小爭執的聲音。

「不行，我不同意。」

轉過頭，我看見千冬歲和他哥正在講話，顯然是在剛才我恍神時，夏碎學長說了會被千冬歲反駁的事情。

「這裡確實有些奇怪，但並沒有危險，留在這做些觀察回報公會也不會有什麼大問題。」夏碎學長微笑地告訴他快抓狂的弟弟，「我有些介意……」

「如果要探查碧斯緹斯，身爲紅袍的我和萊恩就足夠了，這種任務原本就是我們的專長，也是我們的責任範圍。」千冬歲瞇起眼睛，「哥，你沒忘記自己現在正在休養中，且『暫時不是紫袍』吧。」

「這倒也是。」夏碎學長點點頭，同意弟弟的說法，然後說道：「所以目前我不用聽從公會的命令，能做自己想做的事情。」

到底是不是我的錯覺，感覺夏碎學長出門在外貌似變得比較頑劣啊，千冬歲已經出現想要掐死他哥但又無法動手、內心快要內傷凝血的表情。

欸等等……夏碎學長這該不會是……

「哥……」千冬歲都快冒青筋了。「你覺得有問題，那我和萊恩去探查，你就好好和鯨他們去海上組織的據點，你不是也有重要事情要向公會回報嗎，不要再耽誤時間了。」

夏碎學長又笑了下，我覺得眞的不是我的錯覺，他是故意的，就像全天下那些可惡的哥哥都會做的事情一樣，他在故意惹千冬歲生氣。

千冬歲大概也發現這件事了，咳了兩聲，乾脆迴避夏碎學長的視線，轉向正在等待眾人的海上組織成員，「這位紫袍就拜託各位將他帶去據點了，我們這邊會有藍袍相隨，不用擔心他的狀況。」

「喵喵會照顧夏碎學長喔。」喵喵適時地比出兩根勝利手指。「漾漾也要一起過來嗎？」

照理說，一起過去據點應該是最安全的路。

不過不知道為什麼，我反而有點介意這座廢棄的港口小鎮，這個長滿藤蔓枝木的區域不曉得為何一直給我某種奇妙的感覺。

「你也要一起來嗎？」千冬歲注意到我正在猶豫，「應該是沒什麼危險，這點程度，漾漾應該能應付吧，不然也還有那個夜妖精。」

「我會保護好他。」黑小雞立刻開口，「但不包括多餘的人。」

多餘的人參正在淚眼巴巴地看著我。

「褚多看看也好，這樣子的地方說不定下次也沒機會再踏入了。」夏碎學長的話似乎帶著某種含意，雖然我聽不出來，但覺得他想讓我進去走一趟。

所以，隊伍就這麼定下來了。

確認我們這幾個人要去廢墟觀光，鯨就取出一片鱗甲交給千冬歲，「探查完之後據點會合，這會指引你們正確的路徑，如果花費的時間太多，請在明日正午前直接返回船上。另外，雖然我不清楚碧斯緹斯內部會不會有，但若是你們看見這樣形狀的東西，請盡量遠離。」

鯨伸出手，指尖出現了藍色的光，他用光在空中畫出一個像是蝴蝶一樣的奇怪圖案。

「蝶城的印記嗎？」千冬歲很快認出圖案。

「是的，我記得這一帶的海域因為夜空鳥消失後有海怪問題，似乎曾被經過的蝶城後裔出手鎮壓，所以如果出現這樣的記號，有可能是某種封印，請務必小心。」鯨很認真地說完之後，又恢復原先的沉默。

藍色的蝴蝶光芒立即消失在空氣中。

看著眼前被我忘記名字的什麼鳥神廢墟，我再次深深思考自己是不是一時腦抽，又要把自己推進火坑裡。

雖然這個廢墟看起來真的很寧靜，像是被時間和所有生命給遺忘。

夏碎學長他們先行離開後，千冬歲讓我們在原地稍等，直到他的探索法術全部回歸，手上的光圖也畫出了目前廢墟的結構圖。

結構上看起來完全沒問題，就是座小鎮遺跡，大致上建築物都還在，多少能夠想像得出當年這座古代港口全盛時期的繁榮，他們鎮上甚至有四個大型市集廣場，還有一些應該是商街的所在；道路設計四通八達、又寬又大，連我這種不會看的人都覺得當年交通如此發達，對於進出港口貿易的人來說肯定很方便。

「似乎眞的沒有什麼陷阱。」千冬歲收起光圖，思考了半晌，「那我們就從這邊進去吧，也沒特別得避開的地方。」

最可怕的狀況就是這樣，明明知道這裡頭可能有問題，但就是看不出來哪裡有問題，如夏碎學長他們這樣的高手也沒看出來，但大家都確確實實知道裡頭多半有鬼。

好吧，看來也只能硬著頭皮走。

幸好最近老頭公越來越強了，我有一定的人身安全保障。

二話不說，一行人就這樣走進了廢墟入口。

與從外面看見的相同，踏入後，周圍依然是整片攀滿植物的破敗建築，只是密度比外頭更高，腳下的石板地面也全都被植物分裂得四散破碎，一層層堆疊的藤蔓取代了曾經被鋪好的平坦道路，每走個一、兩步都有各種大大小小的爬蟲、飛蟲從裡面竄出，快速四散逃離，也有些仗著體積夠大或是有毒，根本不走，在千冬歲提醒下我們便迴避繞道。

天色漸漸暗下……應該說其實我們進來之後周圍就一直很黑，眾多樹木伸展枝椏，早就把天空覆蓋了起來，只能靠千冬歲和萊恩弄亮發給大家的水晶充當照明。

本來是想要使用光影村的免錢燈光，不過千冬歲說還不知道裡面有什麼，先不要隨便使用大範圍的術法，不然如果驚動不該驚動的東西，我們會在第一時間曝光成爲肉靶。

沙的一聲，我又踩出一堆聲響……就算力量有所提升，那種鬼走路的方式還是不會啊！有沒有人可以教我像千冬歲他們那種無聲走路方式啊，當大家都像鬼一樣沒聲音時，只有一個人發出聲音感覺就很挑釁啊！

沒錯，好補學弟走路也沒聲音。

這個事實讓我感到很打擊。

「學長。」

在我沉浸在哀傷的情緒時，突然有人用力扯了我的衣服，把我嚇得差點尖叫出來，之所以沒叫，是旁邊的黑小雞快了一步摀住我的嘴，等到我把聲音吞回去他才鬆開手。

「幹嘛？」我看著已經巴在我身上的人參，一把剝開。

「不能再往裡面走了。」好補學弟很緊張地又靠上來，看看我和千冬歲，認眞地重複一次，「大家說不能再往裡面了，它們爲了不讓人進來，才努力覆蓋所有東西。」

「它們？」千冬歲挑起眉。

「我想應該是說這些植物。」再次推開好補學弟，我隨便指指我們腳下的綠色生命。這人參自己本身就是棵植物，和植物溝通這種技能都是天生天養的。

好補學弟點點頭，「它們說不能進去了，否則會引起注意。」

「什麼注意？」千冬歲問道。

「它們也不知道，是大大黑色、凶凶的傢伙。」好補學弟比畫了下，也不知道究竟多大，比到一半手就停住了，「它們說人形生物說契約者沒有了，人形生物受不了凶凶的傢伙，就都離開了。它們一直努力想要覆蓋，如果有一天把那個傢伙給淹沒了，這裡應該又會變回以前那樣，很多不同種族熱鬧的地方。」

我們幾個對看了一眼，最後大家視線停在我身上，我只好代替眾人接著發問，「那傢伙是哪種傢伙？陰影？」我只想到這種大大凶凶又黑色的傢伙，接著就會世界毀滅。

「不是，那個已經不是黑色大大凶凶的等級。」好補學弟居然一臉正經地吐槽我，「學長你好笨喔，這都要我提醒你。」

……我怎麼就這麼想要抓住人參去撞牆呢。

所以看來不是陰影那麼凶殘，但是對本來的居民來說很凶殘的存在。

站在一旁的千冬歲正在思考，估計是在想那傢伙爲什麼大家都搜索不出來，連術法都無法探測。

「你有頭緒嗎？」我壓低聲音問我旁邊的哈維恩，他都不吭聲反而怪怪的。

黑小雞搖搖頭。

「所以……哇啊啊啊啊——————」

這次我是真的尖叫出來了，黑小雞也來不及摀住我的嘴。

從層層藤蔓中突然伸出乾枯的手，緊緊抓住我的腳踝，幾乎眨眼瞬間，我整個人被往下一拖，好像踩進深不見底的坑洞裡，眼前一片黑暗。

和其他人分開了。

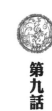

第九話　孤寂

我的短暫詫異結束在一陣劇痛當中。

這次居然沒有老梗的昏迷然後從黑暗中清醒，直接就摔在黑暗裡面，然後腳啪嚓地折到，痛楚傳來的時候差點噴眼淚，全身痛到起雞皮疙瘩。

斷了……一定斷了……

我完全不敢去摸我折到的左腳，感覺摸到斷肢會很崩潰。

沒斷。

米納斯冷冷的聲音傳來。

好吧那只好摸一下。

鼓起勇氣往痛到全身發麻的左腳摸過去，還沒摸到傷處，就先摸到一手微溫，大概是摸到滿手血了，算了我沒勇氣，繼續讓它痛好了。

涼涼的水氣從我手環傳來，輕輕包圍在左腳，讓人痛到不行的感覺立時減緩不少，突然變得在耐受程度中了。

雖然米納斯沒說話，但我想她是要我別逗留在原地……也是，剛剛最後一眼看到的那雙手太不正常了。

在黑暗中亂抓了幾下，好像摸到牆壁，按著牆站起之際，突然後頭有人用力抓住我，差點再次要尖叫出聲前卻被摀住了嘴。

「是我。」

黑小雞的聲音從我腦袋上方傳來，然後是一股力道將我整個人攙起。

「你怎麼也在這裡？」一起被鬼抓腳？

「我看見你被拖進來同時也跟著跳進洞口，隨後洞口馬上封閉了，所以不知道其他人的狀況。」黑小雞的聲音很冷靜平淡，他在我旁邊窸窸窣窣了半晌，接著有個東西往我左腳包上去，我正要縮腳就被拽住，直到那東西整個包紮好他才放手。「骨頭沒斷，先這樣處理。」

我隱約覺得傷口好像正在癒合，雖然很慢，但是漸漸開始不痛了……又是一個神藥！

「這地方不使用照明比較好，我揹你走吧，在黑暗中行動對夜妖精來說如同白日散步。」

說著，黑小雞把我拎到他背後，黑暗中我只好乖乖地摸上去，讓黑小雞馱起。

就像他自己說的，夜妖精在黑暗中散步沒什麼不便，黑小雞走得非常穩，毫無顚簸。只是在黑暗中，我一直隱約聞到一股惡臭，不是來自我或哈維恩，而是從漆黑的某處傳來，好像有什麼在裡頭腐敗了。

「什麼味道？」拍拍黑小雞的肩膀，我越來越覺得那股氣味很難忽視，就像是有人刻意要用那個味道引起注意。

「應該是『墮化』。」黑小雞很老實地回答我的問題。

「墮化？」

「地上完全沒感覺，這裡很明顯。」哈維恩說道：「靈魂墮化的氣味，不過沒有被影響成鬼族，八成要魔化了。」

喔這樣說我懂了，八成有個什麼有力量的東西要在這裡成魔了……不過爲什麼會完全感覺不到啊？

按照正常劇情來演，應該會有超濃的黑暗氣息吸引勇者來滅老巢啊。

「你想過去看看嗎？」黑小雞突然開口提議。

「不是不能接近嗎？」是打算把我丟進去火坑？

「如果成魔了，本質上和我們比較接近，也同爲黑色種族，傷害沒白色種族那麼大。」黑小雞冷笑了聲，「你沒忘記我們是黑暗的成員吧，那些東西的警告並不是給我們，而是給白色領地上的白色種族。」

……好像也是。

「那去看看吧。」既然哈維恩都這麼說了，我就相信他不會害我。

「我正在往那方向走。」

「你真主動。」原來還沒講就已經自動過去了嗎。

「多謝誇獎。」

沒人在誇獎你啦。

漆黑的路途又走了一段之後，我明顯感覺到黑暗氣息，而且還有一股淡淡、熟悉的感覺。

好補學弟說沒有，但是我這時已可以分得出來。

明明就有一點陰影的氣息。

「我可以下來了。」覺得腳沒痛感後，我拍拍哈維恩的肩膀，站到地面動一動、摸一摸，傷口果然差不多痊癒，只剩下淺淺的口子。

雖然是在黑暗裡，但附近有氣流，風聲給人的感覺是這邊的空間並不小，恐怕還很大，是稍微有些空洞的回音。

細微的光芒亮了起來。

雖然光很弱，但一直處在黑暗裡我還是覺得眼睛被刺了下，接著才看清楚哈維恩的臉，像是被他手上的光傳染般，四周慢慢清晰了起來。

這一亮，我頭皮瞬間發麻了。

原本以爲地底空間我也來去過好幾次，頂多就是一些岩壁、土石之類的，但這次看見的根本不是那種常見材質，仔細一看，整面牆上是厚厚的一層蟲，各種奇怪的大小蟲子異常地混在一起，數量之大，看到整個人寒毛直豎，被衝擊到完全不知道要做什麼反應。

反射性看往我們來時的方向，那條路更不得了了，除了滿牆密密麻麻蟲子之外，整個天花板都是大大小小的蛇，不知道怎麼會爬在那種地方，黑黑紅紅的眼睛全都在注視著我們。

……剛剛黑小雞就是頂著這堆東西把我揹過來？

我用敬畏的眼神看著在黑暗中連呼吸都沒變個一下的夜妖精。

「走吧，就在前面。」黑小雞注意我在盯著他看，想了想，開口：「那些只是被吸引來的雜物，我們兩個身上都沒有強烈白色種族的氣息，牠們不會主動攻擊。」

「謝謝，辛苦你了。」我拍拍哈維恩的手臂，然後自己先往前走了。

黑小雞沉默了兩秒才跟上，不過沒說什麼，加快了幾個腳步，一下就越過我在前方帶路。

越往前走，蟲蛇就越來越少，但棲伏的東西越來越奇怪，看起來已經不像我們平常會看見的蟲蛇，有的還猙獰得很難形容，連人面蜈蚣都出現了。

最後，我們停在道路的盡頭，一個完全看不見底的巨大深淵前。

「你看這裡。」

哈維恩將四周弄得更亮一些，指引我看向已經沒有任何蟲子的岩壁。

少了蟲蛇的覆蓋，牆上出現許多我看不懂的文字和一些圖，圖案大致是外面海港的樣子，在高聳的燈塔上有隻特別大的黑鳥，我猜這就是夜空鳥，四周有些類似的敘事圖，幾隻夜空鳥抓起事故船隻的畫面，看起來是在讚歎夜空鳥的事蹟之類的。

這部分有聽喵喵說過，所以還滿好理解。

不過這些圖看起來顏色很淺又很粗糙，感覺不太像是正式的記錄壁畫，線條紋路也沒那麼專業……看起來感覺有點……

有點像是出自於同一人之手？

「這是契約者的記錄。」哈維恩看著文字，一一閱讀後，手掌按在其中一部分，「所謂的契約者，看來指的是當年負責侍奉夜空鳥的人。」

「咦？飼育員？」才剛說完就看見黑小雞的白眼，他對我用了這三個字很鄙視，「……祭司？」

「類似祭司。」黑小雞果然跳過我前面那三個字，「能承受夜空鳥力量的人，作為夜空鳥與居民之間溝通橋梁般的存在，看樣子地位應該不低……你看這裡。」

我順著黑小雞手指的方向看去，果然看見一幅圖案，巨大鳥的爪子邊站著一個穿著特殊服裝的人，周圍有些居民正在獻上食物。

「這裡有說到作為橋梁的交換原則，居民每天都會送上衣服飯食給祭司，然後由祭司將居民們的話語傳達給夜空鳥，包括感謝，或是近期周圍海面的異象，祈求夜空鳥能在夜晚時看顧海域；白天時晴空鳥會出沒，雖然晴空鳥的力量沒有夜空鳥那麼大，但晴空鳥會在風中留下訊息，藉此告知祭司與夜空鳥。大概就是這樣的記錄。」哈維恩簡單地解說完後，又在四周尋找了下，最後在靠近深淵的邊緣找到一大堆凌亂的文字，「夜空鳥離開城鎮之後，居民們不斷詢問祭司，希望祭司將夜空鳥帶回這片土地，但祭司雖然有傳遞的力量，卻沒有找回夜空鳥的力量，然後……」

「然後？」哈維恩突然停下，我反射性地發問。

「夜空鳥的祭司是黑夜的種族……」哈維恩慢慢握起拳頭，「與我們不同，雖然是白色種族，但是是守護黑夜並傾聽深夜話語的月靈。」

「月靈？」怎麼聽起來很像某種幻獸？

「那是白色種族裡對黑色種族比較友善的一支少數種族。」哈維恩放開了拳頭，語氣冷漠地解釋，「和平的年代，月靈經常會和夜妖精交換夜的訊息，他們是於月光下誕生的白色妖精，和我們很類似，汲取月亮的力量作爲生命的根源。」

也就是白色版的夜妖精吧？

不過我猜精靈應該不太需要導讀黑夜的妖精，因爲精靈本身就是個逆天BUG的存在，不管什麼他們都能自己讀，搞不好還能和所有入侵世界的外星人溝通，所以聽起來月靈對精靈似乎沒那麼重要。

等等，這樣說起來，妖師眞的很衰欸，不但沒有精靈那麼強、那麼漂亮還壽命超長，連個狗屁東西都不能自己讀，還要當被世界追殺的終結兵器，是有沒有這麼偏心啊？

還是去毀滅世界算了。

「因爲這個月靈無法召回夜空鳥，加上這裡的土地被黑暗侵蝕過，人們把所有怒氣都指向祭司，最後他們將祭司扔進深淵中，然後封起洞口。」哈維恩的聲音越來越冷，「人們畏懼祭司的力量，擔心他報復，所以在洞口上施加了封印，讓世界永遠感受不到祭司的存在，也讓祭司的力量永遠無法穿透出來，影響任何人。」

「心眞壞。」我嘖了聲，果然不能小看某些人的心腸，通常沒啥底線。

「一群智障黑心。」哈維恩也認同我的話。

於是我們兩個黑暗種族一起腹誹了白色種族一頓。

「不對，等等。」差不多心裡罵完一輪之後，我突然想到一件事，「他都被丟進去了，這些是誰寫的？」本來還想說應該是這個祭司被丟進來之後打發時間刻的，可是他被丟到深淵又被封印，我們也是靠這麼近才感受到氣息，那這些壁畫又是……？

「是我。」

乾枯的聲音突然從我們後方傳來，哈維恩反應飛快，環住我就往旁邊一翻，險險避開差點劈開我腦袋的東西——超原始的石斧轟然一聲砍進牆裡，劈開了一部分的記錄，力量之強，打在我頭上估計下奈何橋都是一脖子漿糊的狀態。

老頭公在哈維恩停下來的同時張開防禦結界，第二發攻勢直接劈在防禦罩上，發出了一聲重響，幸好防護罩沒被砍破，只有一點裂痕，瞬間被抽走一堆力量的我差點腳軟。

……是有多凶殘才要讓老頭公一下子抽我大堆力量防護啊。

好，總之我有短暫幾秒可以看清楚攻擊的人了——盔甲人。

……

……

好歹露個臉讓我形容啊！

一個全身包滿甲冑連臉都覆上盔甲的盔甲人雙手拿著就地加工的兩柄大石斧，下秒又往老頭公的結界砍上來。

黑小雞放下我，轉身伸出手掌，瞬間所有防禦被加強了，連裂痕都完美補回，盔甲人連砍兩、三次，發現這個金剛罩真的破壞不了，就整個退進角落黑暗裡，突然消失了。

哈維恩冷笑了聲，「你在這邊別亂跑，很安全。」丟下這句之後，他一閃身也消失在黑暗之中。

不是我要說，要拚在黑暗藏身，我家黑小雞肯定是第一名。

才剛過了兩秒，又一聲轟然巨響，盔甲人不知被什麼打出了黑暗，總之離我有點遠的微暗處發出了爆炸聲，盔甲人就在空中飛舞、旋轉，然後跟著碎掉的一柄巨斧翻摔在地上，連滾三圈，姿態扭曲地停下來。

哈維恩從黑暗中跳出來踩在比他大個兩、三倍的盔甲人身上，也不給對方回手的機會，直接抽出腰後的彎刀往他頭盔連砍三下，看起來好像無堅不摧的黑色頭盔居然就這樣被擊碎了一半，露出裡面的腦袋。

灰白色的骷髏。

顯然也愣了一下的哈維恩立即反應過來，側身躲開盔甲人的一拳，姿勢優美俐落地往後翻開，穩穩站在地上，像隻狡獪的貓。

盔甲人似乎沒意識到自己半個骷髏腦袋露出來了，搖搖晃晃地站起身，拿著另一柄沒被打碎的巨斧又往哈維恩劈去。

結果當然沒打到，哈維恩幾個輕靈的跳躍一下就繞到盔甲人背後，又往他背部連砍好幾刀，同樣打碎了背後的盔甲，露出的果然還是骷髏，這整副盔甲裡包裹的根本不是活的東西，而是一具還在動的骷髏。

「住手！」哈維恩再次避開對方一個橫劈後開口，用的是我聽不懂的語言：「貝瓦爾的護衛，我沒有理由和你敵對。」

「……」

盔甲骷髏稍稍停頓了下。

「你是誰？忘恩負義的人都該死，投機的竊盜小賊也該死。」

「我們是經過這裡的旅人，外面的陷阱被我們的黑色力量吸引，將我們帶到此處。」

「黑色力量？」

「我是夜妖精，沉默森林的戰士哈維恩，這位是我所侍奉的主人褚冥漾。被污染的陷阱感受到我們和你的主人相似的力量，所以把我們牽引進來。」

「我的主人不是黑色種族。」

「他即將是，所以才會吸引這麼多異物等待他轉換的那一刻，這裡千百萬的存在將藉機吸收外洩的力量。」

「……滾吧，旅人。」

盔甲骷髏發出了一些聲音之後，再次回到了黑暗裡。

哈維恩走回來，大致解釋了剛才的對話，「他要我們離開這裡。」

我思考了幾秒，「沒辦法做點什麼嗎？」那個月靈讓我覺得有點可憐，他就在我們身後的深淵裡，而且還有一個問題，這裡的確有陰影的力量感，雖然很淡，但眞的要放著不管嗎？萬一炸出來，又要開始毀滅世界了不是？

黑小雞應該也明白我的顧慮，壓低聲音，「這個護衛身上帶有很強烈的怨恨詛咒，我想應該是他在臨死前詛咒了自己，藉著逐漸墮化產生的力量，讓他用這種形態成爲不朽，你想要化解幾乎是不可能，這種恨意的詛咒很難解，你應該是最明白的人。」

我當然知道，不然凡斯就不會至死抱著悔恨，摔倒王子行宮的那個女人也不會死後還留下如此強大的力量。

至死不滅的恨，估計是連神都解除不了的可怕存在吧。

盔甲骷髏的出現，讓哈維恩把先前覺得不太重要所以精簡掉的部分壁畫講解給我聽。

大致上就是倒楣的月靈祭司被丟下深淵後，原本崇敬他的護衛隊也和居民起了衝突，大部分都被驅逐流放了，只有兩名差一點把祭司釋放出來的護衛被封印在進入深淵的通道裡，也就是我們現在站的這個地方。

其中一名護衛傷重很快便死亡了，另一名護衛開始在黑暗中徘徊，直到他習慣黑暗，就把他記得的事物都記錄在牆壁上，最後帶著強烈的恨意在黑暗裡無人知曉地死去。

後來，他重新回到這世界。

「記錄上沒有提到他的名字，倒是祭司的名字『貝瓦爾』提到了好幾次。」黑小雞凝視著某處黑暗，戒備隨時會衝出來的盔甲骷髏，「那個護衛直到今天還在尋找可以打破深淵封印的辦法，按照這個力量感，如果墮化完成，深淵裡的祭司會成爲非常強悍的妖魔。」

「喔我懂，接下來就要毀滅世界了。」這件事情是發生在近千年前後，被關了幾百年正在墮化的妖魔和盔甲骷髏，用腳趾甲也知道放出來會怎樣，不外乎就是殺人放火滅世界，這套路妥妥地完全不用改，還可以繼續沿用一百年。「所以我們眞的沒辦法做些什麼嗎？」

「按照我們的身分，能夠在第一時間擊敗他們，收爲手下，然後毀滅世界。」哈維恩給了一個讓我轉職大魔王的建議。

「你是說笑的吧。」我正經臉回問。

「是，說笑的。」黑小雞正經回答。

……

不要一臉正經地給我開玩笑啊啊啊啊啊啊啊啊！

我很認眞在和你商量啊喂！

黑小雞咳了聲，「倒也不是沒有辦法，我們不是白色種族，和黑暗溝通是我們擅長的，既然墮化會成爲黑色種族，這就表示我們能夠與他溝通，不論是不死的護衛，或是深淵下面的祭司，導讀黑暗的夜妖精能夠輔佐你做到這些基本的事。」

「那就先溝通？」我也沒想太多，只覺得若能說得上話，是不是可以先了解他們的狀況？

哈維恩想了想，眞的往黑暗走去了。

我看著他的身影消失在黑影之中，突然想到，這種溝通不知道要不要付上什麼代價？

應該是不用吧？

不然精靈一天到晚在和ＡＢＣＤ說話，也沒看到他們壽命減少還是變成醜八怪，所以我想大概不會對哈維恩造成什麼危險才是。

沒想到那邊又是一聲巨響，盔甲骷髏又被揍飛出來趴在地上。

哈維恩隨後跟出來，一腳踩在盔甲骷髏的胸口上，「只要是我主人想知道的，就老實地給我說說！」

你這不是溝通，絕對不是！

我默默看著被揍的盔甲骷髏，默默試探性往他身上讀取黑暗力量。

盔甲骷髏突然安靜下來。

慢慢地，一股憤恨與不甘的情緒緩緩流淌進來，那是對於居民們的憎恨和不解，無論如何也想不透和善的居民、甚至自己每日執勤前都會打招呼的鄰居爲何會變臉得如此之快，把所有的害怕都推給祭司，最後讓祭司承擔黑暗入侵所留下的恐懼和創傷。

白色種族們將一切都歸咎於祭司無法找回夜空鳥，將責任全部推在他的身上，好似傷害都與他們無關似的。

「我們不是應該互相幫助嗎？」

盔甲骷髏至今還是不明白。

身爲白色種族的我們，應該要比黑暗更能保護彼此不是嗎？

然而人們卻做出和黑色種族一樣無恥的事情。

這座曾經聯繫其中一個精靈渡口的海港，並沒有白色種族那樣無瑕的心靈，也沒有夜空鳥那般純淨的心地。

雷之妖精收復港口後散去，居民們就像也沾染上黑色氣息，再也不復和善。

然而他們還無恥地繼續生活著。

「你知道這座海港已經廢棄了嗎？」我嘆了口氣，看著盔甲骷髏，「那些居民都沒了，我也不知道沒有多久了，上面早就沒有人了。」

「……沒人？」

「我聽說戰爭之後夜空鳥不見了，後來就沒記錄了，大概是沒多久就整個遷移吧？」我看地面上的樣子，搞不好都已經幾百年沒人住了。「附近倒是還有海上組織的據點。」

「海上組織……？奧洛的隊伍還在嗎？」

「呃，我也不知道，我們其他同伴去那邊了，看樣子還在吧。」反正去那邊的也都不是什麼好惹的人，就算有其他盔甲骷髏，八成也奈何不了他們。「奧洛又是誰？」

「神鳥消失沒多久，附近出現了海怪，蝶城的後代擊退海怪之後，作爲協助，他們邀請海上的奧洛與他的同伴在這裡設定據點，防守可能會再回來的海怪。」

欸等等，這個發展？

「海怪沒死？」

「只是擊退，碧斯緹斯自古以來就是座流通各種寶物的港口，其中也包括海怪的心臟，當初黑市想經由本地運出時被發現，就一直扣留在大燈塔中，讓夜空鳥看守。由於夜空鳥的存在，海怪不敢侵犯港口，夜空鳥一離開，碧斯緹斯就陷入隨時會被海怪襲擊的威脅中……現在已經沒人存在了嗎？全數都死於海怪的口中嗎？」

「這個我也不知道，可能要去問海上組織。」千冬歲說後來沒記錄了，很可能之後海怪沒再來吧？這地方其實看起來不像是被海怪毀滅，因爲建築太完整了，比較像人都離開，幾百年來因爲時間造成的毀壞。

而且植物也說了人們離開是因爲又黑又大的傢伙……等等，所以指的也不是祭司？

「這裡有又凶又黑又大的傢伙嗎？」雖然我覺得長期關禁閉的盔甲骷髏可能也不知道，但還是問問看。

「異常力量的話，倒是很久以前出現過一次。」盔甲骷髏指出一個方向，在洞穴深處隱約還有一條小路，他沒指出還眞的沒發現，「不知道哪來的，我將那東西射殺在裡面，還是活著時候的我。」

「哈維恩，放開他吧。」看盔甲骷髏已經沒有針對我們的惡意了，我讓黑小雞把腳從對方身上放下來。

目前爲止，可以確定的是骷髏顯然不知道外面的時間流逝與狀況，連居民早就離去也不曉得；另一個就是植物說的黑暗傢伙就在這裡面。

「我們進去看看。」

※

「眞奇異。」

「什麼？」

走進通道之後，盔甲骷髏吐出讓我一頭霧水的三個字。

「你的力量觸碰到我的時候，我突然覺得你們是友方，不須再抵抗……這就是黑暗的力量嗎？」盔甲骷髏說出我從剛剛開始就覺得不解的話。

我剛才就很疑惑爲什麼他突然變得這麼合作，他現在這麼一說，我反而覺得有點恐怖。

「只是你想找同伴而已吧。」哈維恩冷哼了聲：「在地底連過了幾百年都不知道，就算是死人，也想要找一、兩個一樣的東西，正好我們比較接近，你才會放棄敵對。」

「或許吧，但我能感覺你們的力量比想像中還要乾淨，也不具備惡意，難道眞正的黑色種族力量本該是如此嗎？」

「誰知道。」哈維恩冷漠地轉開視線。

窄小的道路並不長，短暫聊天結束後，我們已抵達終點。

盡頭沒有什麼讓人特別的驚奇，也沒有充滿蟲蛇的怪異畫面，光源照亮後只看見有尊很像人形的石像被長槍貫穿在地上。

之所以說很像人形，是因爲它雖然有著類似人的形體，但是有兩張臉，下半身看起來像蜘蛛，四條手是蟹螯一樣的東西，整個很詭異。

黑色長槍就從石像其中一張臉插進去，從蜘蛛的下腹部捅出來，把石像插定在地上。

「魔怪？」黑小雞一眼就看出石像的來歷，「爲什麼會出現這種東西？」

「什麼鬼？」

「某個魔王派出來刺探世界的手下，妖師一族很久以前也殲滅過。」黑小雞把手放在另一張完好的臉上，「他的身體不在這裡，應該是力量核心分離時，被陰錯陽差封印在此處了。」哈維恩收回手，「這東西只是受到重創被封印沉睡，其實還活著。」

「是嗎？使用了神鳥大人羽毛製作的長槍也沒能殺死魔怪。」骷髏語氣倒也沒有什麼遺憾，「但和這邪惡使者戰鬥時，我也用盡力量而身亡，還以爲同歸於盡了。」

「要殺死魔怪不太容易，他們離開時把靈魂寄宿在魔王身上，只要力量核心沒有被破壞，無論幾次都能重生。」哈維恩看著我解釋：「妖師一族能夠咒殺靈魂，所以對魔怪而言很棘手。」

也就是說我可以在這裡把這隻魔怪給宰了？

「也沒你想的那麼簡單，要咒殺，前提是要有相對的強人能力，看來你目前只能殺死瀕臨陣亡的爛魔怪。」哈維恩慢慢地吐槽我一句。

當妖師一點都不威。

「那……」

話還沒說完，外面突然傳來像是爆炸一樣的聲音，整個地面都在震動，接著爆出騷動，好像是通道裡的那些蟲蛇全部被驚擾到，可以聽到幾千萬隻東西快速移動發出來的聲音。

盔甲骷髏低吼了聲，直接轉頭消失在黑暗處，速度快得來不及叫住他。

「你的朋友們追下來了。」黑小雞和我一樣感覺到燒灼空氣裡的熟悉力量，「不過那些蟲會排斥白色種族，現在應該已經打起來了。」

我是不覺得那些蟲可以抵抗千冬歲他們的實力碾壓啦，但盔甲骷髏就讓我比較擔心，我怕他也一起被碾掉。「先阻止他們。」

與黑小雞離開小洞穴時，正好趕上千冬歲兩人見魔破魔地殺進來，整個洞窟裡充滿燒焦的惡臭，還有滿地的蟲蛇屍骸，兩人氣勢凶殘地和盔甲骷髏槓上，主攻擊的萊恩雙刀正要往骷髏露出來的腦袋上砍——

「通通住手！」

盔甲骷髏瞬間對我的聲音起了反應，煞住巨石斧，不過萊恩的殺招沒有停下，但電光石火間仍發出了兵器碰撞聲響，仔細一看，雙刀最後砍在了哈維恩的彎刀上，站在骷髏肩膀上的黑小雞擋住攻擊，讓場面剎那間靜止下來。

「先停一下，有話好說。」我連忙小跑步過去，下一秒被千冬歲給扯出來。

「很危險，別隨便衝進來！」千冬歲語氣焦急，看來我掉下來後他和萊恩四處在找我。

「沒事，我看停了才過來的。」我連忙陪了笑臉，看見萊恩往後跳開，落在千冬歲身邊，哈維恩也從骷髏身上跳下，站到我後面。「這個不是壞人，別殺他。」

「……漾漾，他身上有墮化的味道，你沒感覺嗎？」千冬歲皺起眉，看著停下的骷髏，「這種生物只要接近生靈，會造成嚴重的後果，更別說他還是怨氣沖天的死靈，本來就應該要除掉，讓他有機會可以重返安息之地。」

「呃，總之你們先都停下來聽我講好嗎？」這時候我突然慶幸千冬歲他們是我的朋友，聽得進我的話，不然場面大概就是用千冬歲他們把這裡面的東西全都消滅作爲結束。

千冬歲和萊恩互看了一眼，後者於是收起雙刀，盔甲骷髏同時也放下石斧。

抓準機會，我趕緊把剛才下方發生的事情敘述一遍。

聽見有魔怪的核心被釘在裡頭時，千冬歲的表情變得很嚴肅。

「這應該通報公會來處理，沒想到地底封印會把魔怪的存在一起消除，難怪沒人知道底下發生什麼事，也感覺不到城鎮該有的力量。」千冬歲重新打開手上的地圖，「你和哈維恩消失之後，我和萊恩用最快的速度追蹤力量軌跡，發現地底有某種存在正在消除你們的氣息，用了特殊搜索才發現那個『存在』透過地上的裂縫，消除了城鎮原本該有的各種標點和殘留結界。一注意到這個小把戲，掃除掉部分覆蓋，就發現你們被捲進這裡了。」

「抱歉忘記先告訴你們我沒事。」下來之後發生一連串事情，我眞的忘記應該先把底下的狀況傳出，好讓千冬歲他們不那麼擔心。

是說，我怎麼覺得好像少了根參啊。

「下面有危險，我讓學弟留在上面。」千冬歲順便交代了學弟的下落。

那根死烏鴉參，上去不揍他我的名字就倒過來寫。

「不過墮化的氣息已經這麼濃烈，有必要先做初步處理才行。」千冬歲看向深淵，說道：「如果墮化完成，月靈的靈魂就再也無法回歸該去之處，會徹底淪爲妖魔或鬼族，那邊的護衛應該也不願意這種事發生吧。」

盔甲骷髏有點遲疑，但看得出來他並不希望祭司毀滅世界。

「深淵的封印，一般人是無法破壞的。」

千冬歲勾起唇角，「正好我們不是一般人，而且幾百年前的封印，早就被研究出各種破解的方式。」

這種話讓情報班來說還眞有說服力。

骷髏看起來是讓步了，點點頭，轉身就要帶我們進入深淵的通道。

就在大家都有些鬆懈的時刻，一陣狂風般的邪惡氣息從千冬歲兩人炸開的通道竄進，像雷電一樣地猛速分裂成兩股，一個跳入深淵，另一個竄入了封印魔怪的小洞穴。

「糟了！」

「哈維恩！魔怪！」

千冬歲和萊恩一左一右進入兩處不同的地方，我下意識跟著千冬歲一起跳進深淵裡，得到我命令的哈維恩僅僅猶豫了半秒，就跟著萊恩的屁股跑了。

這反射動作其實很無腦，就算我現在和以前不太一樣了，但在一堆高手裡還是砲灰般的存在，所以在墜進深淵的同時，我就後悔了。

果然，人還是得好好把大腦帶在身上才行。

第十話　墮化

深淵就如同它的名字一樣非常的深。

跳下來時我還忘記考慮這洞可能會摔死人的現實，慌亂中正想拉出風符自救，突然有人勾住我的腰，直接把我攔截在摔死的半路上。

「無防備地下去也太危險了。」千冬歲有點無奈地說：「先隱藏好蹤跡。」

原來他不是發現我會摔死，是發現我沒藏好。

不管怎樣，命是保住了。

接下來在千冬歲的幫忙下，我藏好氣息和身影，然後和千冬歲一起落到深淵底部。本來以爲會第一時間衝進來的盔甲骷髏並沒有出現，不知道那個護衛跑哪裡去了。

著地之後裡頭只有一條狹長的通道，快速穿過黑暗，我們看見銀色的光芒，隨著越靠近通道出口，那點光就越漸放大，最終將我們迎入了通道的終點——一個比剛才上方還要更大的地底空間。

周圍岩壁莫名綻放著足以照明的清澈銀光，看起來根本沒有大魔王要出世的混濁黑暗。

空間內沒太多障礙物遮擋視線，所以踏進大型洞窟的瞬間我就發現我們要找的「墮化」就在地底空間的正中央，那裡有一整排枯骨，目標之大，不是瞎掉都能找到，更別提那些濃重的扭曲力量感。

千冬歲沒遲疑太久，毫無猶豫地筆直走到那整排枯骨前，我當然也跟過去了。

看這狀況，除了原本的祭司以外，這地底還真意想不到地熱鬧。

大約七、八具左右的屍骨服裝都不太一樣，部分已久遠到服飾破碎或是骨頭散亂，看來他們進到這裡的時間點不太一樣。認不出來哪個是倒楣的祭司，每具骨骸都怪異地纏繞著黑暗氣息。

「咦？」千冬歲同樣注意到這狀況，那些屍骸每個看起來像是都要墮化了的樣子，怪異的力量很平均。「這些都不是神鳥契約者，應該是闖進來想要奪取力量的宵小。」

被封印在這裡的祭司有什麼力量好奪取的？他自己都逃不出去了。

在千冬歲打開術法搜索時，我也用我的力量查找陰影的氣息，最後我們同時看向了右側，那裡有一片較為凌亂的岩石區。

兩人一起快步繞過大大小小的岩石之後，我看見了另一具屍體，比起那些乾枯的骸骨，這一具反而完整許多，而且沒有乾癟，看起來像還是活著的樣子，皮肉狀似仍很新鮮，要不是沒有氣息和生命，可能隨時都會睜開眼睛清醒過來。

屍體外貌是青年的模樣，穿著一套淡藍衣袍，淡金色的頭髮梳理得很整齊，閉著眼睛、表情相當安詳，雙手交疊在胸口前；陰影的氣息隱約從他身體裡傳出來，沒有仔細感覺根本不會注意到。

但是他雖然有陰影的感覺，卻沒有剛剛在上頭感受到的那種墮化的黑色力量。

我轉頭看向那些屍骸，要墮化的根本不是祭司，而是入侵者的屍體……死人也會墮化？

嗯，娜塔莉的事件才發生過，我想死人確實也是會墮化的，就像上面的死靈一樣，就算死了，他們的殘存意念也會讓他們變成另一種東西再次回來。

不過，這個祭司到底是什麼時候死的？

是擊敗了這些入侵者才死的嗎？

還是又活了很久、直到最近才死？

這世界很多存在死了屍體也不會爛，根本沒辦法判斷死亡時間。

而且他躺屍的位置讓我覺得疑惑，那些入侵者躺的地方也很奇怪，這裡整個都怪怪的。

「既然墮化的是入侵者，那先處理那些，否則數量太多了，轉化後會很麻煩。」千冬歲暫時在祭司屍體四周安下結界，轉頭走向外面的屍骸。

不過一走出岩石圈我就呆了。

剛剛一整排的屍骨都不見了，原地只殘留墮化的魔氣；仔細一看，入口處不知什麼時候冒出個穿著黑斗篷的人，屍骨全被他收集過去擺在入口地面，底下張開了黑色大陣法。

靠啊這些黑暗同盟的人怎麼可以這麼陰魂不散！

千冬歲罵了一句，快速挽箭搭弓，但已來不及了，箭支射穿黑暗同盟的同時，底下的黑色陣法綻出強烈的黑光與陰氣，躺在上面的屍骸不管是乾屍或是枯骨，凹陷空洞的眼窩處整齊一致地亮起黑紅色的幽光。

「死靈被喚醒了。」千冬歲取出幾張符紙往四周射出，拉出大型結界，「得趁死靈墮化爲魔靈之前先毀掉才行。」

我拿出米納斯，也不知道可以幫到什麼地步，如果這時候其他人在就好了。

被射穿的黑暗同盟果然沒事，連倒地都沒倒，從斗篷裡伸出乾枯的手，緩緩抓著箭尾把整支箭從心臟處抽出來，利箭造成的傷口眨眼間便復元了。

「你在原地不要動，我去牽制那些死靈和黑術士。」千冬歲甩出自己的紅袍與面具，從空氣中握出了纏滿烈焰的長刀。

「等等。」拉住血紅色的衣襬，我指著自己，「我幫你牽制死靈。」

千冬歲頓了下腳步，「……盡量不要踏出安全的地方。」

「好。」

紅色的情報班消失在我眼前時，我張開自己的力量，像之前哈維恩教過我，以及我做過的一樣，先觸碰了第一個搖搖晃晃站起的乾屍，感受到屍體中甦醒的凶惡陰氣，接著緩慢地把屬於我的力量纏繞上去。

你是誰，報上名來。

我在心中詢問了乾屍名字，然後從下船前、哈維恩講解的黑暗術法裡，挑了一個能剋制黑暗氣息的法術在身邊啓動。

乾屍眼中的幽光轉向我，明確地與我對上視線。

你是誰，報上名。

「我」，*命令你報上名。*

乾屍晃動了兩下，奇怪的嘎嘎聲傳進我腦袋裡，斷斷續續地開始形成我能讀懂的訊息。

——掠奪隊……嗜血城主的掠奪隊……殺手……達克……

嗜血城主？

感覺就是個簡單易瞭的黑暗城鎮吧，應該是被派來這裡有所圖謀。

說出目的。

我緊抓著乾屍殺手的力量，繼續發問。

我們要取得……海怪……心臟……契約者……

海怪心臟在這裡嗎？

等等，祭司是被丟下來封印的，爲什麼海怪心臟也一起被丟下來？難道是一起封印了？

還沒想出個頭緒，我的牽引力量毫無預警完全斷掉，乾屍發出一聲怒吼，轉頭撲向正在和另一具枯骨糾纏的千冬歲，千冬歲頭也不回就是一個側踢，把乾屍踹飛好一段距離。接著是我這裡啪的一聲，本來應該在入口處的黑暗同盟整隻撞在我們這邊的保護結界，斗篷底下的灰色眼睛盯著我，灰暗的臉上咧開了血色的笑容。

「妖師。」死沉的聲音從那張帶著血腥臭味的嘴裡發出來。

「我先警告你，別打我的主意，不然你會很慘。」我身上可有族長牌絕命殺，這可是凌駕於我之上的最終妖師首領武器喔！

「不服從，就是死。」黑術士沒有退開的打算，陰森的聲音帶著竊笑和殺意，「從你身邊的人開始殺起。」

「你們是有什麼毛病，動不動就要殺我身邊的人！」有完沒完！真的想威脅我就把我從這裡拖出去，像個黑道一樣開始拔我的指甲，手指甲拔完再拔腳趾甲，這樣我還比較容易屈服好嗎！

「妖師，你只能……」

黑術士話還沒說完，上方突然傳來一陣巨動，說時遲那時快，幾乎有半間教室大的超大岩石硬生生從黑暗同盟正上方直立砸下，直接把趴在防護罩上的黑術士砸進地裡面，還插得又深又重，黑色的血從隙縫中冒出來。

就說打我主意會很慘了。

我正在讚歎然的咒殺來得好快時，上面分別跳下兩抹身影。

「你沒事吧？」

先落地的哈維恩看到巨石差個三十公分就會把我一起插進去，難得表情顯得後怕，「是黑暗同盟的黑術士，想搶魔怪的力量核心，所以打穿了地面。」

「嗯，我們這裡也一隻。」我指指地板，讓哈維恩看到下面的黑血。

第二個落地的萊恩把一個大大的東西往哈維恩身上一丟，翻身一踩岩石飛身出去，一刀砍開要往千冬歲身上撲去的乾屍。

哈維恩接住那玩意，我才看見那是被封印的魔怪石像。

「黑術士躲進空間夾縫，可能隨時會再出現。」哈維恩把石像拖進保護結界裡，看了眼我旁邊的祭司屍體，「後面還有一些黑暗同盟的殺手，死靈護衛正在阻擋他們。」

「這個祭司沒有墮化，他身上的黑色是怎麼回事？」抓緊時間，我想先搞清楚陰影力量的問題。我覺得黑暗同盟只要注意到陰影，肯定會立刻放大絕搶奪。

哈維恩蹲下身，把手放在屍體的胸口上，仔細搜索片刻後才抬頭，「是海怪心臟，契約者把海怪心臟封印在自己身上，陰影是海怪心臟帶來的，我想可能是海怪曾接觸過陰影，扭曲之後留存些許黑影在裡面。」

「咦？可是祭司這樣不會扭曲？」我記得只要一碰到陰影就會變鬼族啊。

「看起來他是用了某種方法控制了陰影，讓陰影不會從海怪心臟裡溢出，所以我們才會幾乎察覺不到，更別說白色種族。」哈維恩站起身，從腰後抽出彎刀，我注意到巨石底下的黑血開始回流，好像有什麼正在把血吸回去，「契約者留下的守護意念很強，看來最後的死亡術法就是排除想要奪得黑色力量的存在。」

怎麼聽起來和然丟在我身上的炸彈很相似？

所以外面那幾具骸骨也一樣是被咒殺的就是？

言談之間，岩石下的黑血已被整個吸乾，巨石底端逐漸出現許多裂痕，那些裂痕迅速向上攀爬，最後整塊巨岩被震得粉碎四散，黑色斗篷人影從超大坑洞裡站起來，除了衣服變得比較破爛以外，幾乎毫髮無傷。

「沒有精靈術士，我們很難殺死黑術士。」哈維恩說出的話和之前某人說過的一樣，「他們不會死亡，只會一直再生，不用『光』很難徹底殺死，用黑色術法只是為他們增益。」

這不就跟黴菌差不多嗎。

每個黑術士都是個好黴菌，連妖師族長的咒殺都要打折扣嗎？

但現在要去哪裡生出精靈術士啊！精靈這種東西本來就不是會滿街跑的生物啊！更別說是要從這種地底下活生生掏出來，比站在晴空下被雷打到還困難。

復活的黑術士啪地一下又貼到我們的防護罩上，而且這次防護罩被撞出裂痕了。

黴菌露出了詭笑，正要再撞上來時，我聽見像水晶碰撞般的叮一聲，某個小小的東西射穿了黴菌的腦袋，從左太陽穴射進去右太陽穴出來，帶著黑血的「子彈」打進了附近的岩石上，直接鑲嵌在那邊。

沒被黑血覆蓋的半面「子彈」發出漂亮的光芒，是顆超級眼熟的水晶珠子。

不死的黑黴菌臉部表情完全凝固了，斗篷內露出的面孔就像抹上一層灰一樣，變成紫黑色，接著活像乾掉的泥土，一塊一塊就在我們面前剝落，直到最後潰散成一堆灰土，黑色的斗篷掉落在地，死得灰飛煙滅。

我們沒有精靈術士，但我後面貌似跟了一位被我遺忘的時間種族，還非常強大。

另一顆水晶珠射入我們附近的黑暗裡，藏匿在那裡的黑術士直接脫離黑暗倒下，同樣死得只剩一堆灰塵。

所以說，然這咒殺好可怕。

「謝謝。」重柳族並沒有現身，我只能對著空氣道謝，希望他不要因爲出手射殺黑術士而又受傷。

兩名作怪的黑術士翹辮子後，千冬歲那邊的負擔明顯減輕不少，他和萊恩很快擊倒大半死靈，其中幾隻眼裡的黑光已消失，重新變回骸骨。哈維恩依照我的指示上前助陣之後，所有死靈都變回屍體，繼續在地上躺屍。

「你先不要過來。」我正要跑過去，千冬歲立刻喊了聲，同時他們腳底下應該要停止的黑色陣法突然又瘋狂運轉起來，散出超級強烈的黑色魔氣。

我聽到我身後喀的響起一聲，覺得大事不妙，回過頭果然看見魔怪的雕像裂了，而且是完好的那張臉中間裂開一條深深的縫，從那裡頭傳出回應陣法的濃烈魔氣。

站在另一端的千冬歲在千鈞一髮之際搶上來，一張三角符咒按在裂縫上，隨即馬上燒起，黑色的火在千冬歲來不及收回的手套和手掌上燒灼出一道焦黑的傷口。

面具底下傳來嘖的一聲，千冬歲當機立斷扛起祭司的屍體，另一手拽住我，迅速退離岩石區，「萊恩！」

幾乎接在我們後面的白袍甩出雙刀，狂野的火焰刀氣直接在魔怪雕像四周轉出一面刀牆。

留在原地的哈維恩踩著黑色法陣，不知用了什麼方式壓制住瘋狂散出邪氣的運作，讓雕像吸收魔氣的速度減緩許多。

不過更不妙的是，我看見哈維恩周圍浮現出一道道黑色影子，數量不多不少，正好和地上屍體數目一樣，八道。邪氣纏繞上八道黑影，墮化的氣息瞬間高漲，短短剎那間，墮化的力量完全炸開，以鬼族的毒氣和妖魔的邪氣取代。

黑影碎開後，從裡頭生出了扭曲的鬼族，還有更爲凶惡的妖魔。

「哈維恩！避開！」千冬歲朝還站在陣法中心的哈維恩大吼。

可能還在想辦法要阻止魔化陣法，哈維恩動作慢了一拍，最靠近他的一隻犄角大鬼族一掌拍過去，直接就往夜妖精毫無防備的頭顱打。

那瞬間我以爲我要失去黑小雞了，不過在大掌打爛黑小雞腦袋前突然硬生生地停下來——附近的岩壁莫名長出許多大大小小的根，某種植物的根纏住鬼族的手，阻止了黑小雞被打飛腦袋。

得到眨眼瞬間的機會，哈維恩翻出陣法，下秒鬼族已扯斷那些根，帶著惡臭的毒氣之中，我好像聞到被扯斷的植物傳來熟悉的味道，還是讓我想吐的那種。

被攔截的鬼族憤怒了，不死心地往黑小雞追去，才剛踏出兩步，就好像被車撞到一樣，突然整隻飛出去，砰的一聲撞到牆壁上。

「學長——————！」

有著卡車般能耐的人參在撞飛鬼族之後，帶著鼻涕眼淚撞進我們的防護罩裡。

我很機警地往旁一跳，於是好補學弟整隻撞進了岩石裡。

「你怎麼在這裡？」等人參把自己拔出來，我才發問。

好補學弟抬起楚楚可憐的小臉，然後擦擦眼淚，「大家說黑色的傢伙要出來了，好危險，我怕學長你們會死掉，想說至少能幫忙收屍，還好學長你沒有死得太破碎。」

我理智線一斷，抓住人參的腦袋撞回岩石裡。

「歲，沒事吧？」趕回防護罩裡的萊恩有點擔心地看著千冬歲手上的傷，整個傷口都是黑的，似乎沒有恢復的跡象。

「沒事，魔火，消一下毒就好了。」千冬歲甩甩手，不是很在意。「麻煩的是這堆墮化鬼族和魔族。」

返回結界的哈維恩默默塞了一小瓶藥給千冬歲，然後冷眼一下好補學弟，轉頭警戒地看著魔怪雕像。

正在想是不是要打電話叫救命了，魔怪雕像後突然伸出戴著手套的手，按住了不斷散發濃濃魔氣的裂縫，白色的血從手套中流出，滲進裂縫裡時像是碰到高熱一樣被蒸騰出一道煙，縫裡還傳來某種東西的低嚎。

「你——？」我有點訝異地看著雕像後的重柳族，沒想到他今天會一連出手幫忙兩次。

「事態嚴重之前，能做多少就多少。」重柳族的聲音還是很冷漠，但我可以看見他的袖子已經濕了，白色的血不斷滴到雕像上頭。

千冬歲朝重柳族一點頭，再次轉身面對八隻魔、鬼族，他慢慢抬起手，「紅龍王。」

空氣瞬間變得非常灼熱，千冬歲張開的手掌出現金紅色的圖騰，像是優美鱗片一樣，帶著光芒。

「燃燒邪惡，吐息吧。」

我遮住眼睛，空氣中燃起的火光太過強烈，讓我的眼睛痛了起來。

不知過了多久，有人覆蓋上我的手，傳來的涼涼感覺舒緩了眼睛被灼熱的痛，讓我開始恢復視線。

放下手，看見八具骸骨和黑色的法陣都沒了，被燒得連灰都不剩，地下的岩壁形成熔岩，但很快又被冷卻，變成各種猙獰的形狀。

「歲……」

聽見萊恩的聲音，我才發現千冬歲好像整個人暈過去，被萊恩小心扶著，沒有一點反應。

「太古龍王的力量不是隨便能使用的，對身體負擔很大。」哈維恩幫忙萊恩把人平放在地上，頭也不回地往好補學弟褲管裡一拔，徒手揉爛人參鬚之後，混著他帶來的藥物敷在千冬歲手上。

「嗯，休息一下就沒事了。」萊恩拿下千冬歲臉上的面具，小心翼翼地收起來。

我看千冬歲臉上也出現了一些灼傷，大概是紅龍王力量的反彈，接過哈維恩的藥，幫忙敷一敷。這個是神藥，等等就不會留疤了。

小忙了片刻，我鬆口氣，才想起重柳族還在。

雕像的裂縫這時已不再散發魔氣，好像被那些白血重新封住了，重柳族以自己的血，在石像上寫出了一串文字。

寫完，也不打聲招呼，轉頭就消失在我們面前，連想給他遞個藥都來不及。

「封魔咒，有時間種族出手，會有很長一段時間不用擔心魔怪甦醒。」哈維恩打量完上面的血咒，說道。

太好了。

這次事情幾乎是重柳族和千冬歲豁出去處理才得以平息，不然那八隻鬼族和魔怪跑出去不知道會變成怎樣。

「剩下交由公會。」萊恩看著自己的搭檔，「他們很快就會趕過來接手。」

「學長，那個……」好補學弟拉拉我的衣服，「那個人呢？」

我循著他的視線，看見好像還睡在地上的祭司。

入口處傳來沉重的腳步聲。

盔甲骷髏拖著沉重的步伐走進來，他的左半肩連著手臂整個不見了，看得出來上面的清除工作非常艱難。

骷髏看見祭司的屍體時，我感覺到他的內心非常動搖，又欣喜又痛苦，歡欣著自己終於再次見到了保護的人，悲痛於對方早已成了一具屍體。

「終於……見到您了……貝瓦爾大人。」骷髏護衛小心地在屍體前跪下，僅剩的右手放在胸前，虔誠一禮，「對於您的委屈，我等無法爲您洗清，您甚至在被追捕時還將海怪的心臟封印在自己身上以免城鎮被邪惡感染……時光荏苒已經過數百年，當年的人們早已不在，神鳥不再復返，人們也早已忘卻此地，即使此處被海怪所毀，也不再具有任何意義。是否……我等還有此榮幸，護衛大人走完最後一程？」

空氣中，慢慢浮現出一條手臂，掌心按上骷髏的頭，隨著手出現的是身體、臉部，淡金色的長髮與半透明的雙腿。

一雙月亮般溫暖的金色眼睛看著我們，溫柔的臉上帶著淡淡的微笑。

該是你們一族的，便交由你們，這樣就完成歸返了。

我聽見和那張臉一樣溫和的聲音，沒有任何怨氣，也沒有憤恨，就和他死亡時一樣，平和安詳。

我用盡生命，只能守護陰影至今，希望今代的妖師一族能夠遵循歷史的道路，不再被邪惡

扭轉存在。

「我不懂……？」爲什麼他說守護陰影？白色種族有什麼必要守護陰影？

月靈讀取著夜的故事，我們並未忘記妖師爲八大種族之一，歷史賦予你們的指標與任務依然存在。神鳥已離，陰影奉還，那麼我也應該回到沉睡之地，與我的護衛、族人們再次相聚。

「你不恨嗎？」看著祭司的靈魂，哈維恩皺起眉，「那些白色種族迫害你們，你就眞的不恨？」

沉默森林的夜之兄弟，我憎恨著人們，無知者奪取我的力量，將我關押在地底，再也無法見到我深愛的月光，我也因無法汲取月之力衰弱致死，死前，甚至因爲是妖精，還在這孤寂的地底活了很長一段時間。

我恨那些人，也恨他們不敢面對神鳥無法回來的事實。

但沉默森林的夜之兄弟，憎恨會讓我成爲黑暗的一員，我再也見不到眞正對我好的朋友、親族，還有護衛們。一想到這裡，我就非常悲傷，只要放下仇恨，我便能回到沉睡之地，與我思念的人們再次相聚。學習著忍耐，讓時間沖刷這些仇恨，靜靜地等待與守著陰影，我知道總有一天我會再見到我所愛的人們。

然後，我就不再那麼恨無知的人。

最終，我們都是消失在歷史一環的渺小存在，數百年後不再被任何人記得，所謂的恨，也早就毫無意義。

那麼，我也能無牽掛地離開了。

「……不愧是白色種族，眞好說話。」哈維恩有些不以爲然，「我是不會忘記白色種族如何傷害夜妖精和妖師一族，總有一天要白色種族血債血還。」

祭司輕輕地微笑。

夜之兄弟們，我會爲你們祈禱，直到最後我們重新相逢。

「嗯。」

哈維恩抽出腰刀，看向盔甲骷髏，「我送你們上路。」

勞煩了。

彎刀砍在骷髏的腦袋上時，發出破碎的聲音。

灰白色的骷髏碎裂開，紅色的眼淚從黑色的眼眶中流出來，但他的心情不再充滿怨氣和悲恨，而是平靜。

那麼大的怨恨詛咒讓骷髏自己解開了，就連墮化都停止，不再影響死靈。

祭司的幻影消失在空氣之中，躺在地上的屍體逐漸粉碎，綻放著淡淡金光的粉自屍體分解後向上飄離，順著地下空間的氣流飛去，無視於封印，就這麼從深淵裡掙脫，離開了數百年來的束縛。

今後，久遠的封印再也關不住他們了。

和娜塔莉不同，盔甲骷髏一定可以與祭司一起回到安息之地，他們兩個都會得到永久的安眠，與他們所有的親朋好友在一起，不會再受傷害了。

最後一縷金粉散開之後，地上只剩下一顆正在跳動的黑色心臟。

散發著淡淡的陰影氣息，還有纏繞著濕潤的邪惡之力。

我看著那顆海怪心臟，一腳重重踩下去，用力把海怪心臟給踩扁，跳動的心臟失去保護，直接被踩爛了。

指甲大小的陰影從黑色的爛肉中飄浮出來。

我接過哈維恩撿過來的水晶小珠子，直接用珠子覆蓋上陰影，細小的黑色力量就被包進了水晶珠當中，不再透出黑暗。

「我們回去吧。」

《特殊傳說Ⅱ恆遠之晝篇．卷四》完

番外．其四、背叛

妳的任務，就是消滅那些高傲的奇歐妖精。

自出生開始，他們就揹負著不名譽的原罪血脈。

如同刻印一般，那絲惡毒死死纏繞在他們身上，用盡手段也無法剝離。

從長輩們口中，她得知那是非常久遠以前的先祖，因爲遭受鬼族的矇騙，將心託付給對方，結果污染了血脈，直到他死後，後代發現自己無法順利被精靈祝福與接受，才暴露了這件事。從此之後，他們一族便蒙上塵灰，被周圍的人排擠，遭到同樣血脈親族嘲笑。

這是一支被瞧不起的醜惡外族，他們被遺忘並隱藏在陽光無法映照之處。

原本，他們抱持著希望，身爲白色妖精一族，他們總是期待著世界會將他們應得的任務與待遇還給他們，洗清那絲黑色的毒，重新回歸到族群之中。

只是一年又一年過去，百年與百年交換輪替，他們的血脈始終得不到淨化，黑暗繼續籠罩在他們的子子孫孫身上，且越來越加劇。

不知道是從哪一代開始，延續血脈的孩子中必定會有其中一、兩名不受控制地轉化為鬼族，他們只能含淚將這些幼子抹除。化為黑暗的孩子不再有靈魂，不可能再回到安息之地與他們重聚，一次又一次，他們的恐懼逐漸被憎恨取代。

他們恨這個世界給予他們如此的血緣，憎恨那些白色種族以異樣的目光鄙視他們。

於是他們藏起了自己的身分，慢慢沉入了歷史的洪流當中，在不為人知的地方擴展了這被詛咒的血脈，看著那些變得與他們相同的白色種族一起陷入絕望、慢慢地進入了黑暗，使族群逐漸擴大起來。

她懂事開始，就知道自己是奇歐妖精的外族。

已經被丟棄到無人知曉之處的微小遠親，歸正世界的奇歐妖精們根本不重視遭污染的血脈，千年以來他們早已不記得這些外族，曾經的污點成為謠言，大多數新生代根本不確定這些是否為真實。

可笑的是，就是因為被徹底地遺忘，他們才得到一線生機，得以重新回到白色種族，不再那麼遭到歧視。

然而痛苦依然存在，「謠言」不會消失，他們依然持續地被排擠在邊緣。

她與其他人一樣討厭過於正義的奇歐妖精，也討厭自己身爲奇歐妖精外族這點。憑什麼奇歐妖精們可以用著自以爲正義的面孔去歸正世界，他們根本沒有那麼偉大，甚至只是膽小鬼，害怕世界出現他們無法掌控的差異，才想要強行去制止罷了。

「去殺了他們吧，娜塔莉。」

來自黑暗中的人，親切微笑地向他們說出溫柔的話語：「如果歸正世界的奇歐妖精不在，你們就不須再被壓迫，世界少了他們，你們將有得到重生的機會。」

「機會？」她不明白，刻印在血脈中的惡毒怎還有機會可以洗淨？

「殺了看門狗之後，怎麼可能改變不了屋內的陳設。」那人和善地說著：「那些狗對於世界而言只是障礙，他們霸據了改變的力量，卻不肯使用，才害你們如此痛苦。只要毀滅奇歐妖精，世界力量就會少去一層枷鎖，然後以此爲契機，便可讓你們得到想要的自由，重新回歸正統一族，甚至可以顛覆世界，高高踏在奇歐妖精之上。」

她不太明白黑暗使者的話語，但家族的人都非常信賴這個人，所有人都相信黑暗使者的提議。在黑暗的傳說中，黑色同盟與建立它的王庇佑著流離失所的黑色種族，不論是鬼或是魔，黑色的王者都能提供他們棲身之地，不被騷擾。

原先她和族人也都以爲不過是個傳說，直到這名使者在他們面前展現強大的力量，以及「證明」，足以讓他們相信黑色同盟的話語，「他們」或許眞的有辦法讓這支外族重新回歸於正統血脈，不再被世界拋棄。

他們，應該取回自己在世界中原本的地位，讓高傲的奇歐妖精嘗嘗這千百年以來的憤恨與孤寂。

只要用奇歐妖精的血洗開那層污穢，他們能夠奪取整個世界，開創新種族的年代。

這是他們所冀望的，也是他們所期待。

她雖然有些害怕，但她眞的很希望不用這麼戰戰兢兢地活著，也不想要自己身邊的親族活得像下水道的臭蟲。

所以，她願意。

她要將黑暗力量召喚至奇歐妖精的土地上，殺死王族，以王族的血爲媒介，讓每個奇歐妖精都染上永遠無法抹除的毒素，改變這個世界。

用盡各種方式收買的王族外戚只將她推薦至行宮，作爲一名特殊的侍女。

奇歐妖精在長遠的歷史中，其實早已分裂成許多不同的支脈，除了世界任務一致，每個分家的想法都不盡相同，爭權奪位是必然的結果。然而支持奪位一派的擁護者認爲，這些家族間的內鬥也是世界進行淘汰的一環，只有適任者才能坐上最後那個位子，所以許多包藏禍心的家族關起門來鬥倒相同血脈的事情也非常常見與慘烈，特別是王族血脈。

娜塔莉到達行宮之前，對於這些事情已經做了深入地了解，也知道近年來最大的目標便是奇歐妖精的王子。就如同每個有謀反危機的王族，幼小的王子往往成爲主要被襲擊的目標，如果能趁障礙還無法反擊前先得手，是最好不過的，阻礙自然要在幼苗時全力拔除。

何況宰掉小王子，還能給正統王族強大的打擊，要知道奇歐妖精純粹的王室血脈已經不多了，他們爲了保全血液的乾淨，一直很嚴格地選擇對象培育下一代。

娜塔莉的任務，便是從行宮開始，一步一步往上爬，直到她能自由在王宮中來去，到那時，便是整個奇歐妖精的末日。

她穿著最喜歡的衣裙，輕輕按著自己的胸口。

黑暗使者刻印在她靈魂中的術法非常強大，也保證過做了萬全的防護，那些奇歐妖精絕對看不出來——除非他們擁有精靈術士，然而精靈術士早已銷聲匿跡許久，不可能隨隨便便出現在奇歐妖精裡，近年來也沒有過這種傳聞，要她放一百二十個心。

即使如此，她還是有些緊張。

接觸繼承人的機會比她想像中來得快，為了讓小小的王子明白奇歐妖精的重要性，王族自小就會在奇歐妖精領土不同區域中，不斷四處學習，並明白各個領地上不同的力量。

在旁人的介紹中，她第一次看見眞正的奇歐妖精王子。

非常小，比起她還要更小一些，有著白皙又漂亮的面孔，率直又有活力的眼睛，好看的笑容讓她想起在故鄉時照顧的那些孩子……有一、兩名已變成了鬼族，永遠從世上消失了。

想到這件事情，她的內心就相當疼痛。

有些恍惚地，她把王子與那些孩子們重疊，直到聽見王子的話語。

「不用太拘束，雖然是父親要妳來的，但是我沒有當你們是外人過。」

稚嫩的語氣相當天眞，似乎還不明白世界的醜惡，就算他被暗殺了許多次，他依然相信白色種族，也樂於與自己這種低下的人對話。

這樣的孩子如果成為王，估計也活不了太久吧。

於是她微笑，「謝謝殿下，我必然會忠誠盡心地為您效命。」像是嘲諷般，她吐出了許多人在她背後指指點點的話語：「以此洗刷我族的污名。」

因爲是骯髒的一族，許多人早已習慣將污穢的指控塗抹在他們身上，即使他們完全沒做過，依然得吞下這些不實的惡毒話語。

男孩愣了下，看來也曾聽過外族的傳言，然而他搖搖頭，「那個……和你們沒關係。」似乎在挑揀話語似地停了半晌，以很認眞的表情說道：「謠傳是謠傳，說你們是黑暗的後裔也沒什麼證據，奇歐妖精規正世界，即使眞的是如此，也不會剝奪你們的生存、隨意冤枉你們，就安心地待下來吧。」

看來男孩還不太明白奇歐妖精的手段，如果證實了血緣，說不定這男孩還會第一個帶著軍隊來剿滅他們呢。

她在心中冷笑著，笑孩子的天眞，笑奇歐妖精的虛僞。

接下來幾日，她協助保母照顧男孩的飲食起居，也親眼目睹王子遭到的暗殺。

在水中投毒的侍衛被肅清。

奇歐妖精雖然對外界的執法非常嚴厲、明辨是非，但對於自己同胞的惡意似乎遲鈍許多。

簡單地說，奇歐妖精的致命傷是他們無法很清楚地分辨出同樣揹負責任的族人們是想要調整世界軌道，或者是眞的抱持強大的殺意。

一次、兩次……在行宮的短短數日裡，竟然就發生不下十次的暗殺，從投毒到刺客都有，但也沒成功過，總是在碰到王子之前就被身邊的護衛與保母給擊退。

那名保母不但照顧男孩的生活，竟然還曾是奇歐王族強悍的戰士長，因爲擔憂男孩的安危，刻意降格自己的職務身分，成爲保母。

有了這等護衛，她便不能輕易出手。

離開故鄉前，黑暗使者也告訴過她必須要有耐心。她該等待的不是一天、兩天，如果短時間內能殺掉王子，那麼早已經有人得手；她該等著的是十年、二十年，終其自己的一生，保有耐心，一點一滴地成爲王室重要的人，直到那一天才會是成功的日子。

所以她等待，收起惡意，用最美好的一面、溫柔的笑語，讓男孩慢慢地親近她。

爲了讓他來到行宮中能開心生活，她想盡辦法照顧這孩子，成功地讓男孩每次到來都指定要她陪伴。

她在行宮中的地位也逐漸提升。

數年過去，她從少女成長爲女人，男孩也從孩子成爲少年。

在她看不見的地方，王子經歷了各種背叛。耐心等待的並不只有她一人，自小被送到宮中的玩伴、旅程中結識的好兄弟，長年隨侍的護衛，還有教導他課業的老師……一個接著一個，成爲致命的殺手。

她聽過宮內傳來的消息，知道哪一次王子在毫無戒備之下被刀刃刺個正著，知道哪一次刺客幾乎成功了，卻功虧一簣。

某一次聽見有精靈出現在王城裡醫治王子，她非常害怕，怕自己的身分被精靈揭穿，甚至不敢像以往一樣把慰問信捎至王城。就算不是精靈術士，她還是擔憂精靈的力量會看穿她的目的，她必須要避開這種可能性。

成長中的少年笑容越來越少，逐漸成熟的面孔變得冰冷，曾經包容著周遭人事物的那顆心像是被凍封，不再對外人敞開心扉。

「娜塔莉，我好累。」

坐在台階上，來探望她的少年這般說著：「世界任務太沉重，我眞的好累。」

這不是少年第一次這麼沮喪，只是他已經不再和別人說這樣的話，擔心保母會擔憂他，所以也不在保母面前說。他在覺得承擔不住時，會用一些理由來到綠海灣，見見她，將藏在心裡的喪氣告訴他所相信的人。

「前兩天為我鋪床的女官也變成殺手，還破壞我母親幫我懸掛上的圖……那是我最喜歡的圖，變成那樣，母親一定很傷心。」他的生活總是如此不斷重複，幾年來沒有改善過。「我想變得更強，但是好累，為了世界的正義，好累。」

「……我也經常這麼覺得呢，世界任務真的是重責。」然而，早在血脈被污染那一刻開始，他們已經沒有世界任務，感受不到世界給予的責任，他們活生生被刨開了靈魂，遭到惡意拒絕，但又必須裝得好像他們有世界責任似的，陪同族同仇敵愾，避免自己被曝光。「但是殿下，這是你該揹負的呀，因為你是王子，經歷這些本就是理所當然，殿下總該習慣。」

「誰會習慣。」被激起情緒而微怒的少年低吼：「為什麼我們非得要承擔這些不可，難道身為奇歐妖精就必須要一輩子正義到死嗎？所謂的歸正，範圍在哪？我們彼此殘殺的時候，難道就是被世界所允許的？我不明白，世界給的這種任務太沒有道理，我們一味服從也沒有道理，難道不能選擇嗎？我把這些任務和位子給想要的人，他們就不會再殺我了啊。」

「……殿下，您的血統純粹，是眞正的奇歐妖精哪。」她假意地安撫少年，刻意強調，「唯有最純粹的血脈，才能肩負起奇歐妖精的責任，這是您天生的責任。」

「狗屁責任。」少年冷哼，「找到機會，我就要甩掉這狗屁身分，那些殺手全都去死吧，想要地位就拿去，讓他們也嘗嘗一天到晚被殺的滋味！」

看著少年的側顏，她突然有了一個奇怪的想法。

是不是，他們可以一起逃走？

拋下世界責任，當王子不再是王子，他也不須要死，他們可以一起離開奇歐妖精。

在奇歐妖精血祭了整片大地後，他們可以一起活下去，屆時她的血液不再污穢，他也不再是個妖精王子，他們便能重新選擇自己想要的生活，從此不再被世界所限制，不再會被世界排擠，他們可以去到任何他們想去的地方，沒有任何負擔。

這個想法一出現，幾乎便無法制止地逐漸擴大。

她有些顫抖，有些欣喜，有些期望。

「如果殿下想要拋棄身分，我願意陪殿下一起，去任何您想去的地方。」她撥開少年垂落至臉邊的髮絲，溫柔地望著對方，「我們兩個一起離開這裡，您不是王子，我也不是侍女，我們像冒險者一樣踏遍世界各地，想睡便睡，想吃便吃，沒有刺客，也沒有威脅。」

少年對於她說出的話有些吃驚，但很顯然有瞬間動搖了。

慢慢地，幾次見面時，她有意無意地提到，少年也逐漸開始說出相關的話，描繪著不當王子之後，能夠去到多少他想去的地方，做很多他想做的事情。

在新天地中，沒有傷害，沒有世界任務，沒有承擔奇歐妖精責任的王子，他能夠隨心所欲，不必再被任何人背叛。

就像個普通人一樣好好地生活。

他是這麼想，她也亦同。

他們約定好，有一天要逃離。

※

立下約定後有很長一段時間王子沒有再來到行宮。

就在她以為王子可能發生什麼事情而焦急地想透過關係打聽時，少年終於再度到來，不同的是，他這次還帶著她完全沒見過的陌生人——一名年紀與他相仿的狩人。

在少年興沖沖的介紹下，她得知狩人原本是奇歐妖精的客人，留滯在王城期間，巧合地發現一批刺客歹毒的計畫，在危險時刻救下了少年。因為刺客緊追不捨，狩人將少年帶回自己的部族，在荒野上甩掉刺客群，平息了龐大的危機。

爲了肅清王城內的這波暗殺，少年暫時待在狩人一族接受他們的保護，就這麼與狩人建立起了友誼。

天生擅長爲旅人指引道路的狩人，在這段期間內與少年相處得很融洽，爲少年的許多事做出引導，其中包括對世界責任的想法。

她不敢置信地發現少年竟然變得判若兩人，不但絕口不再提逃離奇歐妖精的事情，還與那名狩人走得很近。從保母口中套問出，少年甚至信賴得能在狩人身邊安穩休息，這以往都只有她能做到，少年在她身邊可以放下所有警戒，枕著她的膝蓋安然入睡。

現在，那名狩人奪取這份信任了嗎？

殿下，明明是她的。

不將她作爲骯髒的外族看待，告訴她許多想法與心事，約定好要與她一起離開的殿下，應該是屬於她的，他們兩人約好要永遠擺脫一切，拋棄世界任務的啊。

心中熊熊火焰燃起時，她只能選擇嚥下，如同往常般微笑地迎接少年與該死的狩人。

在行宮短短幾日，她刻意避開狩人，想找尋和王子單獨相處的機會。以往這明明是非常容易的事情，現在卻變得困難，少年幾乎都與狩人黏在一起，狩人則不斷給少年洗腦那些世界任務還有他應該踏上的道路，想讓他重新回歸到軌道上。

不，她不允許。

回歸正軌就表示少年必須得死。

這名狩人比她還要狠毒，要將王子引上一條死路，用他那道貌岸然的臉孔，哄騙全然不知將會犧牲生命的少年。

她不能允許這種事情發生，欺騙她的王子，狩人該死。

少年要離開行宮的前一晚，她終於在花園與少年有了獨處的機會。

對於這幾日冷落她，少年似乎也感到有些抱歉，不太好意思地說著因爲戴洛很少來到這裡，所以想帶著對方多看看一些奇歐妖精的事物。

她微笑。

「尊貴的王子殿下，您可不能對每個人都如此在意喔。」如果，那又是刺客該怎麼辦呢？她這麼溫柔地問著，看見少年臉上出現一絲驚慌。

「不，戴洛不一樣，這次不同，他是眞的在替我著想。」少年反駁，「以前我自己想不開，一直想要把自己的責任往外推，是戴洛讓我想明白，我太幼稚才會有那種糟糕的想法……娜塔莉，對不起，是我的錯，我必須承擔一切，保護世界才行。」

但世界只會隨時拋棄自己不要的棋子呀。

「娜塔莉，最終我們都必須要走在自己的道路上，接受自己的責任，保護更弱小的生命才行。」少年煞有其事地說著：「我很討厭奇歐妖精守舊的想法，過度排除不是好事，但是未來我可以改變這一切。戴洛相信我有改變的能力，我也做得到，這樣妳以前說的那些污名……」

「這個世界啊，雖然有所規則，也必定要有人手握著護衛的利劍，但是殿下……您不認爲或許有人更適合持握那柄劍嗎？」她輕輕地開口，柔軟的手撫著少年的面頰，「如果，我們能離開這裡，您是不是願意放棄那些沉重的包袱？」

如果少年給她一個肯定的答案，她也願意放下一切，包括黑暗使者的計畫，她可以背叛所有族人的期待，和少年永遠地離開。

「娜塔莉，我要承擔責任，這是我的選擇。」

少年握著她的手，語氣堅定並正面地回答：「妳很善良，一定可以明白。我要扛下我自己的責任，就像戴洛說的那樣，我不再逃避，我想要改變很多事。」

但是我想救的，只有我的王子殿下。

她在心中吶喊著。

她的王子，被狩人給犧牲了，卑鄙的狩人殺害她的男孩，她的少年，她的希望。

「娜塔莉，我們會好好的，妳放心。」

不，不會好的。

不可能會好了。

※

少年來行宮的時間越來越少。

每次捎給他的書信，也都回得很簡單，大部分的內容都是他和那個叫作戴洛的可惡狩人出門的遊歷。

少年還特地提到他們接觸了公會，打算未來能一起在各地做些任務。成爲王族和袍級不會有衝突，他可以四處冒險，也可以帶上她——若是她也想要成爲袍級。

她捏縐了紙張。

進入公會，她的身分就會完全曝光，少年所說的事根本不可能。

因爲狩人的出現，少年像是被蠱惑放棄了自尊，放棄了夢想。之後呢，那狩人肯定拍拍屁股就走人，無視於被他欺騙的少年將來會有多痛苦。

她，恨那個狩人。

雖然如此，少年幾次邀她到王城或其他領地時，她依然會赴約，即使經常與那名可惡的狩人碰面，她還是謹愼地藏好自己的厭惡，露出溫暖的笑容，儘可能不讓狩人接觸到她的想法。

但或許是天生的直覺，狩人仍注意到她的不對勁，幾次交談隱約暗示她別過於執著。可能是狩人還太年輕，不好意思當面說破，也沒有向少年告狀，只溫和地提醒她。幸好她的演技不錯，與少年相處的這些年她也騙過了自己的心，所以狩人並不清楚她實際想做的是什麼，只認爲她想要逃避責任，順便拐帶王子而已。

這個誤會也給了她很好的機會。

如果要毀滅王族，利用這名狩人是個不錯的選擇，黑暗降臨時，她要將這人作爲第一個血祭，讓他連靈魂都無法回到道路上。

她開始策劃，恨意讓她決定一定要有狩人作爲陪葬才行。

她越來越溫柔，讓狩人放下更多的戒心。

然後有一天，少年又帶著狩人來到行宮。

曾經擁有精靈古渡頭的綠海灣，相當吸引喜歡過去事物的狩人。

與先前不同的是，這次少年又多帶上一名年紀很小的狩人。

「這是戴洛的弟弟，阿斯利安。」少年這般介紹道：「他們會停留幾天，我和戴洛會去處理一些事情，阿利太小不能一直跟著，這段時間，娜塔莉，就拜託妳照顧了。」

「好啊。」她蹲下身，與小男孩平視，親切地笑著，「請多多指教囉。」

男孩看著她，不知道爲什麼露出有些遲疑的表情。

當時，她莫名感到胸口有些不安，說不上緣由，小男孩看著她的眼神有些奇怪，似乎很疑惑她的表現，但在兄長熱絡的介紹下，沒說出任何話語。

接著他們就拋下她，說說笑笑地帶著剛來的阿斯利安認識行宮。

接下來幾天，白日時，年紀較長的少年與狩人離開行宮去處理綠海灣的事務，小男孩就與她在一起。對於綠海灣，小男孩也感到很好奇，不斷向她提出問題，她也和善地回答對方，細心地解說。

男孩並沒有任何奇怪之處，之前的不安或許是她過於敏感吧。

入夜後，她看著少年們與男孩在房內玩耍，自己站在黑暗的花園中，再次感覺到被世界所遺棄。

狩人還未出現時，少年整天都與她膩在一起，夜晚還會在花園中一起看著漫天星星，現在所有的時間都被狩人們霸佔，將她重新扔回了黑暗之中。

她好恨。

但是她必須繼續深藏這份恨意，直到爆發出來的那天，將成爲黑暗的最佳養分，吞食這些白色種族與狩人。

狩人離開的前一日上午，因爲異族誤闖綠海灣，少年與狩人前往處理。

她與小男孩被留在行宮中。

「姊姊。」

像是鼓起勇氣，小男孩拉拉她的裙襬，「能私下說話嗎？」

小孩子有些羞怯的模樣相當可愛，即使他是可惡的狩人，還是有如此欺騙人的一面。然而在侍衛的眼光下，她仍露出笑容，「怎麼了嗎？」

男孩有點遲疑，執意找個沒人看著的地方。

她也從善如流，領著男孩去了較少用到的偏院。

「姊姊，妳放棄好不好？」

她愣住了，甚至來不及鬆開牽著男孩的手。

「姊姊，妳不想讓休狄難過的，別那樣好不好？」男孩握緊她的手，表情有些悲傷，「姊姊，休狄很在意妳，妳可以不要變成那樣的，放手好不好？」

她放手了，用力地甩開小男孩的手，力道甚至大得讓男孩摔了一跤，她像是見鬼似地退離好幾步。

「我哥哥很強，休狄也很強，他們已經考過白袍了，很快就會發下正式資格，妳不會想要與他們爲敵。」小男孩慢慢從地上爬起，一雙眼睛清澈得如同水晶般，「現在還沒有發生，姊姊妳可以回頭，我不告訴戴洛也不告訴休狄，妳別那樣，你們會好好的。」

「……胡說，你什麼都不知道。」她冷下聲音，看著男孩。

狩人都沒發現她的心，男孩怎麼可能會知道，必定又是狩人天性作祟，隨口胡說。

「姊姊，你想殺我哥哥。」男孩難過地說：「妳想殺很多人，我看到了，妳選擇的路上有恨，我不明白，大家都對妳很好……我小，不明白爲什麼，只是姊姊這麼大，應該可以懂。」

「你什麼時候發現的。」她怎麼想，都想不出自己哪裡露出破綻。

「第一次見到姊姊的時候。那時發現姊姊有些怪怪的，後來妳一直避開我哥哥，戴洛可能沒注意到，但這幾天我刻意觀察姊姊，知道妳很痛苦，妳看著戴洛他們出去時，動了殺意。」小男孩軟軟的聲音說著可怕的話語，「我可以陪著姊姊，如果妳願意放手，我陪著妳，一直到妳不那麼難過……」

「你懂什麼！」她無法克制自己暴湧而出的怒火，在男孩沒反應過來之前，一手掐住細瘦的頸子，狠狠地將幼小的身體甩到一邊牆上，看著可惡的小狩人無力地摔在地面，「你根本不了解我們！我恨的是整個世界！還有你們！還有所有瞧不起我們的種族！我要的是所有的種族陪葬，一切不公平全都消失！」

吃了重擊的男孩蜷起發痛的身體，依然不死心地望著她，「我可以陪著妳找到妳想要的……」

瞬間湧上的憤怒讓她完全失去理智。

不知過了多久，她終於回過神來，隱約好像聽見少年在呼喚她，就像每次來到行宮時，那溫和的語調，興奮地想與她分享這段時間以來的經歷。

她的殿下，終究還是會到來。

她睜開眼睛，四周是熊熊烈焰。

她的殿下站在眼前，一身的血，旁邊的狩人也一樣，兩人看起來都很狼狽。

她發現她的手上有東西……原來是小男孩，自己掐著他的頸子，男孩的呼息已非常微弱，緊閉著眼睛，血一滴一滴地向下滴落。

在她腳邊，躺著幾名護衛。

眾多侍衛包圍著他們，每張都是熟面孔，那是平常會見到的人們，現在全握緊武器正對著她。

呵呵，所以白色種族就是如此地沒有心。

「叛徒。」

身爲奇歐妖精的休狄再也沒有任何表情，只冰冷地說出了兩個字。

她，原本就是叛徒哪。

「把阿利放下來。」

狩人緊張地看著她手上的男孩，說道。

她無視狩人，也不在意手上掐著什麼，只是望著她的王子，露出微笑，「殿下，你最喜歡的那張圖，我幫你修好了。只要消除動搖你的阻礙，一切都會沒事。我們約定了……」

爆炸聲在她手邊響起，她的話沒有說完，整個人便被炸飛出去，卑鄙的狩人趁機救下小男孩，快速退後，將還有一口氣的男孩交給前來的保母。

少年看著她，不發一語，往日透出溫暖的眼睛現在只剩下絕望，那是被最相信的人狠狠往心中插了一刀，又重重絞爛的痛苦。

此後，她的殿下再也不會相信任何人了吧。

那也好，至少他不會再被可惡的狩人所佔據，她的王子絕對不讓任何人擁有。

她按著胸口，黑暗氣息傾瀉而出，很快就要打開鬼門。

「殿下，您太相信我了。」微笑著，她看著那張她至今仍無法放下的面孔，慢慢將她的寶物傷得鮮血淋漓，「這一切都是您的錯呀，奇歐妖精如此傲慢，您說著想要改變什麼，根本什麼都改變不了。您的骨子裡就是那樣的奇歐妖精，那些抱怨的話，眞是笑死人了……再怎麼痛苦，都是您的選擇，您活該。」

「娜塔莉……」狩人看著她，眼裡卻有濃濃的悲哀。

她不想被可憐，特別是這些該死的狩人。

「我恨你們，不論是戴洛或阿斯利安，我至死都恨透你們。」因爲他們，她的王子才會背叛與她的約定，選擇死路。她的王子，從來都只信任她，像她的光一般讓她相信她可以脫離黑暗，她也能拯救他。但是這些狩人欺騙了王子，將她再次推入黑暗深淵，她永遠不會原諒，她會一直恨下去。

「這與戴洛他們無關，有事衝著我來。」少年冷冷地說。

「殿下，您太天眞了，我啊，就是覺得您這點很愚蠢。」她笑著，放聲大笑，「你怎麼會認爲還有人想要對你好，對你好的人都是阻礙，早就全部被殺光；這世界想要你死的人可多了，你就這樣，遲早有一天去死吧。」

死去的過程，她不太有印象了。

她的王子粉碎了她的身體，烈焰燃燒得連一絲灰粉都沒有留下，帶著失望與劇痛的力量分解了她。

她微笑著，知道她的王子再也不會愛任何人，不可能再與誰親近了。

這樣就好。

再也不會有人屬於她的王子。

她的王子也不會屬於任何人。

這樣就好。

❀

「休狄……」

「走開！」

少年發出咆哮，「離我遠一點！」

戴洛看著渾身是傷的友人，雖然很擔心阿斯利安的傷勢，但他更擔心休狄現在的狀況，

「你……」

「滾！你們這些身分不符的人，不要再接近本王子！」

像是負傷的野獸，少年發出悲號，「全部都給我滾！」

大批侍衛沒辦法，只好快速退下。

唯一沒離開的戴洛靜靜地，站在與自己年齡相仿的少年面前，等待他。

然後，綠海灣下起雨，熄滅了火焰。

感受到鬼門力量的術士們快速清理黑暗的痕跡，處理著靈魂詛咒。

後來阿斯利安醒了，求著少年不要毀掉那些碎散的詛咒，飄散的迷失靈魂總有一天會有機會回到安息之地，他不想要放棄。

少年只是冷冷地笑著，開始與以往不同。

這些年來，戴洛看著少年身邊的人漸漸離開，王子的惡評也越來越多，成爲不再受歡迎的王族一員。

他明白，阿斯利安也明白。

那些惡言惡語，以及高傲的姿態，成了保護傷口的屏障，深藏在裡面的心不再輕易地露出微笑，也不再體諒別人。

女子粉碎的那天開始，奇歐妖精的心也有一部分跟著消失了。

阿斯利安想著至少將女子送回安息之地，這樣的話，從中獲得些許寬慰的少年遲早有一天會重新敞開封閉的自己，再次接受真正關心自己的人吧。

戴洛兩人知道，肯定會有這麼一天。

或許未來還是會有些人背叛少年，但是他會明白，真正重要的是發自內心接受他的人們，到那時候，即使再次受傷，他也會變得很堅強，並重新找回溫柔的自己吧。

他們身為狩人，會指引迷失的旅人們，直到他們重新找回自己的道路。

總是會有那麼一天。

戴洛聽見風中傳來靈魂的嘆息，或許那才是女子最後想說的話吧，如果那時候，能夠好好地說出來，就好了。

殿下，我們約定了……

離開之後，我們永遠在一起。

〈背叛〉完

夏碎的弟弟戀兄嚴重。
哥，你要好好休息！
戴洛的弟弟直接把兄長設計死。
雖然他有復活。
羅耶伊亞家的兄弟更是都不正常！
本大爺一刀走江湖！
這個可以收藏。
還好我沒有弟弟～
表哥→
姊姊→

by 紅麟

國家圖書館出版品預行編目資料

特殊傳說II.恆遠之書篇 / 護玄 著.
——初版.——台北市：蓋亞文化，2017.07
冊；公分.

ISBN 978-986-319-267-1（第四冊：平裝）

857.7 106000168

悅讀館 RE328

特殊傳說II 恆遠之書篇 04

作者／護玄
插畫／紅麟 封面設計／克里斯
出版／蓋亞文化有限公司
地址◎台北市103赤峰街41巷7號1樓
電話◎（02）25585438 傳眞◎（02）25585439
部落格◎gaeabooks.pixnet.net/blog
臉書◎www.facebook.com/Gaeabooks
電子信箱◎gaea@gaeabooks.com.tw
投稿信箱◎editor@gaeabooks.com.tw
郵撥帳號◎19769541 戶名：蓋亞文化有限公司
法律顧問／宇達經貿法律事務所
總經銷／聯合發行股份有限公司
地址◎新北市新店區寶橋路235巷6弄6號2樓
電話◎（02）29178022 傳眞◎（02）29156275
港澳地區／一代匯集
地址◎九龍旺角塘尾道64號龍駒企業大廈10樓B&D室
電話◎（852）27838102 傳眞◎（852）23960050
初版一刷／2017年 7月
定價／新台幣 240 元
Printed in Taiwan

ISBN／978-986-319-267-1

Gaea

GAEA